Opera Prima

MARIA CAPUTO

LETTERE DAL MANICOMIO

Direzione editoriale a cura di Grazia Velvet Capone
Editing: Franca Canitella – Grazia Velvet Capone
Progetto e Grafica: Grazia Velvet Capone
ISBN: 9791281625525

A chi non ha mai perso la speranza in una vita migliore, incurante delle tempeste in alto mare, con la fiamma dell'amore accesa come un faro, per un domani più luminoso.

A tutti coloro che tra queste pagine vogliono intraprendere un nuovo viaggio alla scoperta di emozioni indescrivibili che riscaldino il cuore.

Introduzione LETTERE DAL MANICOMIO

"Lettere dal manicomio," è un romanzo che parla d'amore, di un amore immaginario in tempi moderni. Indaga i misteri inspiegabili del tormento amoroso e affronta varie problematiche della vita legate a tale sentimento. È ambientato in un piccolo borgo di provincia, dove la monotonia del vivere quotidiano impone un ritmo lento. Nonostante tutto, l'amore sopravvive con frenesia, seppur spesso confuso e distorto dagli eventi della vita e dalle vicissitudini personali.

La storia e i personaggi narrati sono frutto dell'immaginazione dell'autrice, e ogni riferimento a fatti reali è del tutto casuale.

Prologo

Ines, assoluta protagonista della sua vita, affacciata alla finestra, abbraccia con lo sguardo l'incantevole paesaggio che si apre all'orizzonte: un quadro di tramonti e albe, con prati verdi e fiori gialli dipinti. Ogni giorno, quei colori sono una pozione magica da cui attinge la forza per andare avanti, mentre la sua fantasia galoppa lontano. Scrive missive piene di passione, apparentemente imprigionata dalla tristezza della sua esistenza quotidiana in una clinica psichiatrica.

Con innocente speranza e determinazione, Ines cerca continuamente ispirazione dall'amore per curare le sue sofferenze, per mettere un cerotto sulle ferite. Sebbene confinata tra le quattro mura di quel misero luogo, lotta per sopravvivere attraverso i ricordi più belli, dimenticando quelli brutti e sognando un avvenire colmo d'amore. Il passato, il presente e il futuro si fondono nei suoi pensieri, divenendo sogni e aspirazioni.

Questo tumulto emotivo si svela in un susseguirsi di lettere che affrontano le difficoltà della protagonista nella delucidazione della propria situazione. La malattia l'ha imprigionata inaspettatamente all'interno di mura bianche, tuttavia,

Ines, invece di impazzire, con il "manicomio" in testa, trova conforto nel lasciarsi andare alla scrittura.

Così, in mezzo alla tempesta, l'amore è la sua scialuppa di salvataggio, alla quale si aggrappa con tutta se stessa, con veemenza, per abbracciare e trattenere la sospirata felicità, per poi trasformare in parole le sue emozioni più profonde.

Infine, quell'amore tanto idealizzato prende forma e si concretizza e così anche lei, a sua volta, riceve lettere appassionate, da un ammiratore segreto. Quando esce dalla clinica ne viene a conoscenza, ricevendo una sorpresa meravigliosa che non avrebbe mai pensato le potesse capitare nella vita. Il sentimento amoroso pervade la sua esistenza e la sua anima inquieta si placa. Finalmente incontra l'uomo degno d'amore che tanto aveva sognato e la sua vita si riempie di gioia. Nel frangente più sublime della storia accade l'imprevedibile, l'inimmaginabile. Il destino tesse la sua tela con fili variopinti e nefasti.

Incipit

Ines si apprestava a salutare settembre: il nettare dell'uva, il profumo dei fiori, il tiepido sole e camminava a piccoli passi per andare incontro all'autunno. In quel dolce preludio, ammirava tutti i colori che, piano piano, si trasformavano in un bel manto dorato. Mentre riponeva i suoi sogni nel cassetto, il vento fresco le spettinava i capelli tra i ricordi e poi li sbatteva con fulgida intensità sul suo viso, mentre si rincorrevano sulla punta del naso e danzavano abbracciati. Un brivido caldo le scendeva delicatamente lungo la schiena, disegnando sulla pelle un tatuaggio, a caratteri cubitali la frase: PER SEMPRE. Intanto il tempo passava e lei sorrideva alla vita mentre ricordava con nostalgia il passato. Attendeva la primavera per poter riporre tutti i suoi pensieri nel profumo dei fiori e nel sapore delizioso, ricamato, di cioccolato.

Il vento mormorava al sole che si inchinava al nuovo giorno, il quale splendeva facendo pervenire i suoi raggi lucenti dappertutto. Affacciata sul muraglione del suo piccolo paese, guardava giù per la valle, immersa nella bellezza del paesaggio. Ines, con la mente piena di evocative fantasie, canticchiava allegramente, quasi a voce alta. Non avendo conosciuto l'amore non credeva più nella sua esistenza e disegnava sulla tela tutte le sue sensazioni. La sua professione di pittrice, di rinomata fama, le procurava una moltitudine di felicità che pareva colmare il suo universo. La teneva impegnata ogni giorno e così riusciva a sfuggire alle tentazioni dell'amore. Aveva ormai raggiunto una certa età e la pace dei sensi. Così viveva giornate sublimi, concentrandosi sulla sua passione, non sentendo alcuna mancanza, desiderio o tensione.

Quella notte Ines si risvegliò in modo dirompente, scartando le lenzuola come l'onda di un mare in tempesta. La sua mente stava scrollando un brutto sogno, un'esperienza spaventosa che la terrorizzava. Il suo spirito si trascinava a fatica, obnubilato dalle immagini avide e terrificanti della notte appena passata.

Un uomo ferito, ma non riconoscibile, implorava il suo aiuto. Il suo lamento tremulo con quel sospiro di chi stava per morire. Ines vedeva ancora distintamente la scena nella sua testa, e il suo corpo rimaneva immobile, paralizzato dal terrore. Così si affacciò dalla finestra e respirò a fondo, lasciando che l'aria fresca soffiasse miracolosamente, sciogliendo il groviglio dei suoi pensieri. Lo scenario insostenibile della sua mente si allontanava lentamente, come se fosse arrivata la quiete dopo un temporale.

La giovane donna si diresse verso la cucina e preparò con cura una tazza di tè nero. Voleva iniziare la sua giornata, e la bevanda calda l'avrebbe accompagnata in ogni suo passo. La sua mente stava già elaborando un elenco di cose da fare. Doveva telefonare alla sua migliore amica per invitarla a pranzo, andare dall'estetista per una cura impeccabile, completare gli ultimi acquisti per il suo prossimo viaggio.

L'ultimo viaggio

Ines osservò nuovamente il biglietto posato sul tavolo e, impregnata da una gioia palpabile, si affrettò a preparare la valigia, selezionando con cura solo ciò che era strettamente necessario. Sapendo di recarsi in Sicilia, dove il clima prometteva calde temperature, si limitò agli indumenti leggeri, evitando quelli a manica lunga. Successivamente contattò l'amica con la quale aveva organizzato il viaggio. Presa dalle tante cose che aveva da fare ed entusiasta di quello che l'aspettava, non si accorse che il tempo fosse volato e guardando l'orologio vide che erano già le 22.00. La stanchezza sopraggiunse all'improvviso e la fece cadere come una pera cotta sul letto.

Giacque abbandonata sul morbido materasso, compagno dei suoi dormiveglia. All'alba si alzò di scatto al suono della sveglia, consapevole che era giunto il momento di partire. Con sollecitudine, si mise a sistemare gli ultimi dettagli e a prepararsi per l'uscita. La sua compagna d'avventura si presentò puntualissima e, insieme, presero il pullman che le condusse all'aeroporto. Per Ines quella sarebbe stata la sua prima esperienza a bordo di un aereo e il suo entusiasmo era palpabile. Una volta giunte all'aeroporto, dopo tutti i passaggi dal check-in ai controlli di sicurezza erano pronte per l'emozionante viaggio che le aspettava; finalmente a bordo dell'aereo. Si accomodarono e poco dopo presero il volo. Sospese tra le nuvole, si trovavano di fronte a uno spettacolo mozzafiato, con il mondo sotto i piedi. Che splendida sensazione provava, una sensazione mai sperimentata prima, sospesa tra le nuvole, lontana dalla quotidianità. Le due ore di viaggio trascorsero rapidamente, senza che se ne accorgessero. La voce dello steward che annunciava l'arrivo e l'imminente atterraggio dell'aereo riportò Ines alla realtà.

Quando scesero dall'aereo si trovarono improvvisamente immerse in un ambiente totalmente nuovo, il cui paesaggio non avevano mai contemplato, neanche nei loro sogni più remoti. Arrivate a Catania, la loro meta era la maestosa Valle Dei Templi. Decisero di noleggiare una macchina per compiere il tragitto. Mentre la sua compagna guidava, lei contemplava il paesaggio straordinario che si dischiudeva all'orizzonte. Senza distogliere lo sguardo, riuscì a percepire ogni dettaglio di una bellezza senza pari, mentre il sole espandeva i suoi raggi fluenti. Il caldo era prorompente, nemmeno un alito di vento si sentiva. Quando giunsero a destinazione, si trovarono immerse in un'incantevole testimonianza del passato. Ines si sentì incredula di fronte a tanta magnificenza. La guida spiegò loro che in quel luogo, un tempo, sorgeva l'antica città di Akragas. La loro prima sosta fu al santuario di Zeus, seguita dal tempio di Demetra, da quello di Giunone e dal tempio della Concordia. Infine, visitando il tempio di Ercole, il più antico di tutti, sembrava di rivivere la storia stessa narrata nei libri. Ines si immerse completamente nella vita di quei tempi, tra tanto splendore e civiltà, viaggiando con la mente. Fu interrotta dalla voce squillante dell'amica, che le ricordò che era ora di andare via: era già trascorso molto tempo e non potevano restare a esplorare il resto del sito archeologico. Lo stomaco brontolava per la fame, erano anche stanche per aver tanto camminato, così si misero alla ricerca di un luogo dove poter pranzare e riposare un po'.

Trovarono un incantevole ristorante, estremamente accogliente, dove si deliziarono. Il cibo era prelibato e autentico: assaggiarono il "taganù" e le polpette con sarde, piatti tradizionali della zona, mai assaggiati prima. Successivamente si diressero all'albergo che avevano prenotato nel cuore della città di Agrigento. Si riposarono ancora brevemente e poi si avventurarono nel centro storico, ammirando i negozi che esibivano manufatti unici, artigianali; entrarono in uno di essi e acquistarono dei souvenir. Il tempo passò veloce e presto divenne sera e quindi, in previsione della giornata che li attendeva il giorno seguente, decisero di fare ritorno per dormire. Nelle eleganti e confortevoli stanze dell'hotel dormirono profondamente, come ghiri nascosti tra le lenzuola, fino a quando l'improvviso suono del clacson di un'auto funse da sveglia alle nove del mattino. L'attesa colazione precedeva un'altra giornata di avventura e l'incontro con la casa natale di Pirandello, un'opportunità unica per arricchire le loro vite. Così quando furono pronte si avviarono entusiaste. Ines irradiava gioia da ogni parte di sé, era finalmente in grado di esplorare il luogo di nascita del suo autore preferito.

Alla sua destinazione, poté visitare la dimora trasformata in museo con tutti gli oggetti appartenuti a Pirandello. Sembrava un santuario intriso di cultura e di storia. Felice come mai prima di allora, Ines contemplava con ammirazione la grandezza dell'uomo Pirandello. Tra quelle mura echeggiavano i passi e i sospiri, quasi come se quel grande personaggio non se ne fosse mai andato e anche le parole argute dei suoi scritti risuonavano come proiettili nel silenzio. All'improvviso, fu distratta dalla sua amica che la chiamò per andare via, avevano visitato ogni angolo di quella casa e avevano poco tempo a disposizione. L'indomani dovevano ripartire, la vacanza era quasi finita. In quella mattinata così intensa, il tempo volò: era ora di pranzo e si fermarono a mangiare in un ristorante del centro storico, dove degustarono altre specialità siciliane molto buone; successivamente si avviarono verso l'ultima tappa del loro viaggio: la Scalinata degli Artisti, che era a breve distanza da dove si trovavano.

Decisero così di dirigersi a piedi verso di essa, attraversando il cuore pulsante del centro storico. Camminando leggiadramente, giunsero in poco tempo di fronte a uno spettacolo magnifico, immerse in un percorso sincretico, un intreccio di storia e cultura. Era come trovarsi di fronte a un capolavoro multiforme a cielo aperto, dove ogni gradino narrava le vicende e le testimonianze della città di Agrigento con murales e opere artistiche di vario genere. Le due erano colme di gioia nel percorrere quella tela vivente e nel lasciare dietro di sé le proprie impronte, andando via. Fu un'esperienza indimenticabile del viaggio in Sicilia. L'indomani dovevano lasciare quei luoghi incantevoli; a malincuore, verso sera, prepararono le valigie e mangiarono degli arancini di riso presi al volo durante il ritorno in hotel, poi andarono a dormire.

Il mattino successivo, erano pronte per partire.

Arrivarono in aeroporto puntuali e dopo la consueta procedura, si imbarcarono. Una volta di nuovo sulle nuvole, Ines pensava alle meraviglie che avevano appena visitato e a tutto ciò che si stavano lasciando alle spalle. Intanto, nel suo paese la sua vita monotona la attendeva silenziosa, le tendeva la mano, con profonde radici in quell'uniformità senza troppe pretese, dove si stava bene con poco. Ines, però, non si sentiva del tutto omologata a quella monocromia. Ogni tanto, aveva qualcosa che le ribolliva dentro, come un vulcano in eruzione. Era uno spirito libero e aveva bisogno di molti colori per vivere.

Ritornata a casa, però, l'esperienza del viaggio la rese felice, per i giorni che vennero quasi si dimenticò di tutto il resto.

Aria di primavera

Ines aprì la finestra, ammirando il cielo azzurro brillante e respirando l'aria fresca primaverile. Un profumo di fiori dirompente arrivò fino a lei, annunciando che la stagione del risveglio era giunta. Gli uccelli cinguettavano felici sugli alberi del suo cortile. Era l'inizio di marzo e la primavera era esplosa con lieve anticipo. Dopo avere assaporato la purezza dell'aria, chiuse la finestra e si preparò per uscire. Calzò le sue scarpe più comode. Era pronta per una nuova giornata e con aria soddisfatta si avviò verso la porta.

Mentre attraversava le viuzze del suo paese, si rallegrò a guardare le case che erano state ricostruite dopo il tragico terremoto del 23 novembre 1980. Le finestre aperte che si affacciavano sulla via sembravano sorridere sopra quel suolo che fu squarciato in due da un boato, in quella terribile sera, tra urla strazianti e paura. Adesso, tutto sembrava sepolto, solo polvere di ricordi nella memoria.

Passeggiando per quelle vie, i ricordi di bambina furono rievocati. Passò dove un tempo c'era la bottega del falegname che impregnava il viale del tipico odore del legno che egli lavorava con cura e precisione, più avanti c'era il fornaio, il profumo del pane appena sfornato si sentiva per tutto il borgo, poi passò per il vico del calzolaio e infine passò dove stava la ricamatrice, attraversando la grande piazza dove si svolgevano tutte le feste; rivisse momenti spensierati e di gioia. In fondo bastava poco per vivere in quel paese, con la gente cordiale e rispettosa che si accontentava di cose semplici. In quella comunità le persone non avevano molte necessità e quando arrivava un giorno di festa, lo vivevano appieno. Tutti si conoscevano e si chiamavano confidenzialmente per nome. Gli abitanti erano molto gioviali e i forestieri venivano accolti con gioia.

Era un giorno meraviglioso e si sentiva libera, mentre camminava per le strade del suo ridente paese, godendosi la bellezza del panorama circostante e trovando felicità nell'essenziale. Non pensava più all'amore perché nel suo cammino aveva incontrato solo uomini egoisti e meschini; si sentiva delusa dalla figura maschile. In ogni caso, non voleva farsi travolgere dalle emozioni negative. In fondo, era convinta che le donne e gli uomini venissero da mondi diversi: se le donne rappresentavano la dolcezza, gli uomini spesso sapevano impersonare la crudeltà e la durezza. La maggior parte degli uomini sembrava pensare solo al sesso, privi di vero amore e quando si mostravano per quello che erano veramente, Ines non poteva fare altro che respingerli, soffrendone amaramente.

Lei non desiderava appartenere a questo mondo insensibile e superficiale. Mentre passeggiava, perlustrava ogni dettaglio del suo paesello, la semplicità di una bella giornata fatta dei "buongiorno" tra i paesani la faceva sentire fiera di se stessa, ogni altra cosa svaniva.

La quiete

Tutte quelle piccole cose la mettevano di buonumore, il cuore sembrava appagato, i suoi occhi sorridevano, mentre era grata ogni giorno alla vita, che le donava quei momenti così spensierati. Dopo la splendida giornata, verso sera, Ines si ritirò nella sua confortevole casa. Lì avrebbe potuto assaporare un silenzio magico, senza la minima interferenza, poiché niente avrebbe disturbato la sua pace: era un'oasi tutta sua, dove conviveva con le sue idee e la sua libertà. Talvolta, Ines non accendeva neppure la televisione, per impedire alle brutte notizie di deturpare la sua visione della vita. Amava ascoltare la radio, la cui musica la pervadeva di energia pura. In quel momento crepuscolare, essendo esausta, Ines mangiò qualcosa in fretta e furia, senza neppure apparecchiare la tavola e, cullata dalla dolce melodia che le faceva compagnia, si ritirò nel suo accogliente letto.

L'incubo

Ines si addormentò dolcemente, ma a un certo punto, mentre sognava, si sentì sopraffatta dalla paura e dall'angoscia. Le onde del mare la sovrastavano, tirandola giù, sempre più a fondo. Il suo respiro si fece affannoso, mentre cercava disperatamente di emergere in superficie. Mentre la tensione cresceva, improvvisamente vide una luce fioca sopra di sé. Con le ultime forze che le rimanevano, si girò verso quella luce. Avvertiva che le sue energie stavano venendo meno, ma non si arrese. E quando tutto sembrava perduto, una mano tesa afferrò con forza la sua e la tirò su, fuori dall'acqua. Si risvegliò bruscamente, sudata e con il cuore che batteva forte. Le ci volle qualche istante per rendersi conto che era stato solo un sogno. Si sedette sul letto e, calmandosi, ripensò a quel momento di salvezza, mentre si chiedeva chi o cosa fosse quella mano che l'aveva tirata fuori dall'incubo.

Oltre la vita

Ines aveva paura della morte, un sentimento che la tormentava costantemente. Il pensiero dell'ignoto che l'attendeva lì fuori la fece rabbrividire. La sua mente era piena di domande senza risposta: "Cosa succede quando moriamo?" "C'è una vita dopo la morte?" "E se non c'è nulla?" Queste incertezze la portavano ad angosciarsi e a cercare risposte in ogni angolo della sua esistenza. Pensava alla morte come un'ombra che la seguiva ovunque andasse. Dopo l'incubo della notte precedente, le sue riflessioni erano più marcate e aveva un pensiero fisso che non riusciva a scacciare dalla sua mente, ma era consapevole che la morte fa parte del ciclo naturale dell'esistenza e che, oltre la vita, c'è un'altra dimensione.

La malattia all'improvviso

L'alba era giunta presto e la casa era immersa nel silenzio assoluto. Ines aprì gli occhi e si guardò intorno, aveva ancora un senso di confusione nella mente. Non riusciva a ricordare dove si trovava o chi fosse. In tale stato di smarrimento, fuori dal sogno ed ignara di quello che le stava accadendo, corse verso la strada, angosciata e in panico assoluto, senza scarpe. Le macchine continuavano a suonare e lei non riusciva a capire cosa stesse accadendo finché si accasciò sul ciglio della via, sfinita e disorientata. Fortunatamente, una vicina l'aiutò a rialzarsi. Tuttavia, quando le chiesero il suo nome, Ines non riuscì a ricordarlo. Con gli occhi spalancati fissava il cielo, mentre la donna che l'aveva soccorsa la chiamava per nome in continuazione, ma lei non capiva.

Fu così che la conoscente andò a prenderle la vestaglia e alcuni pigiami. Poi chiuse a chiave il suo portone, consegnandole le chiavi. Mentre aspettavano l'arrivo dell'ambulanza, la rassicurava che sarebbe andato tutto bene e che presto sarebbe andata a farle visita, ovunque fosse stata condotta.

Quando arrivò il mezzo di soccorso, fu portata nel centro di salute mentale di un paese lì vicino. Completamente spaesata e spaventata, gridava e si agitava così tanto che gli infermieri furono costretti a sedarla.

La mattina dopo si svegliò di colpo, legata al letto, con un camice bianco, mentre il sole faceva arrivare, lievemente, i suoi raggi fluenti dalla finestra sbarrata. Dimenandosi, notò con disgusto che le avevano messo anche un catetere: mentre era priva di forze, assonnata, stordita e soprattutto con un gran vuoto nella testa, giunse un'infermiera che la rassicurò dicendole che quando sarebbero passati i medici, molto probabilmente, l'avrebbero liberata da quella situazione e così fu il medico a comunicarle che il peggio era ormai alle spalle e che non costituiva più alcuna minaccia per sé e per gli altri. Presto avrebbero individuato la causa del suo malessere. Ines si riprese a quella bella notizia, sebbene non avesse nemmeno la forza di esprimere gratitudine; non poté dire nulla, ma i suoi occhi parlavano.

Un nuovo scenario si profilava nella sua vita, al quale lei non era preparata. Si sentiva imprigionata, priva di conforto e i tranquillanti la facevano cadere continuamente in uno stato di incoscienza. Ma poi, all'improvviso, nella profondità della sua mente, si accese come una scintilla, una luce le indicò una via: la ricerca piena dell'amore, l'unica cosa che le mancava nella vita, ciò in cui aveva sempre creduto...

Quell'idea di una vita migliore la spronava ad avere speranza. Tra le mura di quella stanza, dove aveva tutto il tempo a disposizione, decise di scrivere, di impregnare sulla carta le sue emozioni più profonde, come ricordi indelebili, di quella nuova vita che si prospettava all'orizzonte; chiese un quaderno e una penna e la sua richiesta fu subito esaudita.

Da quell'istante in poi, Ines si sentì improvvisamente libera e serena, nonostante la reclusione in quel luogo di cura.

Fu la penna a darle il coraggio di andare avanti. Improvvisamente, i ricordi del passato le tornarono alla mente, ma il suo obiettivo era ben preciso adesso: scrivere al suo amore immaginario che le offriva tutto il conforto di cui aveva bisogno, ciò che le era sempre mancato in tutta la sua vita sia privata che clinica. Era determinata a scrivere tutto: i suoi pensieri più profondi, le emozioni che il suo cuore nutriva e la forza dell'amore che la faceva sentire viva. La scrittura, in quel momento, era una sorgente che scorreva limpida e pura come l'amore, il suo amore immaginario, che a lei sembrava reale.

Bisogna saper leggere

Buongiorno, mio caro amore. Mi trovo qui in questo ancoraggio del disagio e non faccio che pensare a te. Sei così vicino a me, sento il calore del tuo cuore che mi dona forza per sopportare l'atmosfera inquinata di quest'edificio. Tuttavia, il respiro della vita è fuori da queste mura; così devo uscire per immergermi nei colori dell'esistenza. Il destino ci ha unito in modo inaspettato, ma anche il semplice tocco della tua mano o la tua presenza accanto a me sono importanti; possiamo spostare le montagne insieme. Immagina se adesso ballassimo, intrecciati in un lento. La forza del nostro amore può rendere il mondo un posto migliore; penso alla malvagità che pervade il mondo, ovunque, all'invidia, alla gelosia, alla falsità e all'ipocrisia delle persone che lo abitano.

Nessuno fa mai nulla senza aspettarsi qualcosa in cambio. E poi, penso alla persona meravigliosa che sei: quante avventure potremmo vivere insieme! Viaggiare in luoghi mai esplorati, scoprire insieme il nuovo e rivisitare con occhi diversi ciò che già conosciamo. Possiamo abbracciarci su una spiaggia, ascoltando il mare e ammirando l'immenso, oppure perdendoci nella bellezza della natura, cercando salvia e rosmarino per aromatizzare i nostri piatti prelibati. Ma soprattutto, possiamo parlare, ridere di noi stessi, scherzare e dire parole "cazzute", lontani dalla cattiveria delle "tappa-relle abbassate". E vorrei… vorrei avvicinarmi sempre di più a te, quando mi dici "ti amo" in ogni lingua del mondo, non solo in cinese, ma anche in portoghese, in finlandese, in nor-vegese e così via… Dovresti ascoltare solo il tuo cuore, prima che il tempo continui a scorrere inesorabile, rubando le emo-zioni più care che vorresti conservare per sempre. Ah, quanto desidererei che il tempo si fermasse e ci permettesse di con-cederci ancora un po' di quel meraviglioso amore che ci lega."

Prese il foglio appena scritto, lo piegò con delicatezza e lo ripose sotto il cuscino. Già si sentiva un po' meglio; si rialzò a fatica dal letto e si affacciò alla finestra. Fu rapita dal-lo spettacolo di un viale infinito, con macchine parcheggiate ai lati; poi percepì il suono di un'ambulanza che correva in tutta fretta, qualcuno era in difficoltà. Pensò a come trascor-rere il tempo reclusa in quella stanza; chissà se le avrebbero permesso di dipingere. Tormentata da vari dubbi, intanto era giunta l'ora del pranzo e le portarono la pastina che non le piaceva, scansò il piatto e optò per l'altra pietanza: carne con patate; mangiò con gusto quel secondo e infine una bella mela succosa.

Aveva soddisfatto la fame, ma le mancava ancora qual-cosa: il "suo" caffè. Purtroppo, non poteva averlo a causa dei tranquillanti che ogni mattina le venivano somministrati.

"In questo luogo il tempo pare essersi fermato", pensò. Uscì nel corridoio; magari una bella passeggiata l'avrebbe di-stratta dai molteplici pensieri che affollavano la sua mente. La vestaglia, avvolgendo il suo esile corpo, sfiorava delicatamente il pavimento mentre procedeva con passo lento e un po' incerto, per il lungo corridoio dove incontrò un'altra paziente e dopo aver scambiato qualche parola, rientrarono nelle rispettive camere. Da quel giorno la identificò come la signora del numero 24.

Guardando il numero sulla porta della stanza, la mente della donna si catapultò indietro nel tempo fino a quando aveva compiuto gli anni, nel tempo lieto della sua gioventù: allora, un devoto fidanzato le aveva regalato 24 rose rosse, quando ancora brillava di giovinezza e i suoi sogni erano aspettative intrise di speranza. Ines, con le sue rughe profonde, scolpite sul viso, incorniciato da capelli bianchi, fissava la foto sbiadita della sua vita e si chiedeva se quella faccia triste fosse davvero la sua. La sua storia in quel posto doveva essere solo un brutto sogno, un incubo dal quale sperava di svegliarsi presto per ritornare alla realtà.

La sera prima aveva lasciato la penna sul comodino, pronta a scrivere tutto ciò che aveva da dire. Ma fu interrotta quando le portarono il pranzo, anche se non aveva poi tanta fame.

Mangiò poche cose e si distese sul letto per rilassarsi. Accese il televisore e fece zapping tra i pochi canali che si vedevano, in cerca di qualcosa di stimolante.

Sperando di trovare ispirazione ed energie sufficienti per cominciare a scrivere, guardò con interesse ciò che trasmettevano, chiedendosi cosa ne sarebbe stato adesso della sua vita. Forse il tempo sarebbe stato troppo lento... solo fiction, vecchie pellicole, i documentari; nemmeno una musica, ma lei aveva un pensiero in testa che le si riproponeva costantemente. Iniziò a canticchiare, ma poi si fermò, consapevole che si trovava in un posto dove c'erano restrizioni.

L'amore che nutriva per la musica era immenso, reale, e nessuno avrebbe potuto comprendere quanto le mancasse. Per lei, la musica rappresentava una fonte essenziale di sopravvivenza, come una medicina. *"Ma come faccio a sopravvivere a tutto ciò che accade in questa prigione, sembra di stare in un manicomio. Non c'è nulla che possa lenire la mia sofferenza"*, pensò con tristezza, mentre aggrappandosi alla sua penna magica le parole cominciarono a fluire in modo del tutto naturale sulla carta bianca.

"Tesoro mio, oggi è un'altra interminabile giornata passata senza di te. Le pareti immacolate di questa dimora le concepisco ormai come una cupa nuvola grigia. La carenza di ossigeno e di luce si traduce in una sensazione di oppressione che lentamente mi soffoca.

Eppure, nella mia fantasia, vedo tutte quelle fotografie che tu mi hai inviato. Ne contemplo gli intensi sguardi nei tuoi occhi: così belli e dolci da riflettere la tua bellezza interiore, la tua nobiltà d'animo, la tua fragilità e la tua sensibilità, le tue molteplici qualità che ti rendono unico.

Ogni volta che rivivo gli istanti indimenticabili che mi hai regalato, i ricordi si animano in me e, anche solo per un attimo, la tua presenza persiste e mi consola.

Se ho involontariamente ferito la tua sensibilità, ne sono profondamente addolorata. Il mio unico desiderio è che tu stia bene. Le mie intenzioni erano pure e altruiste, tuttavia comprendo ora, con rammarico, che l'interpretazione dell'altro è soggettiva e complessa. Questa dissonanza di intenti mi ha portata ad essere internata in questo luogo di cura.

Desidero ardentemente che questo ciclo di terapia giunga a termine il prima possibile, perché senza di te non posso sopportare questo dolore. Voglio che tu sappia che il mio amore per te non conosce confini e cresce ogni giorno di più. Non c'è altra persona al mondo che io ami come te, sei unico e meraviglioso. Ti mando un bacio, mentre scrivo queste pagine e mi trovo ancora in questa dura situazione."

Mentre con cura piegò il foglio che aveva appena scritto, espresse un pensiero sottovoce.

«Eccoci qui, inaspettatamente lontani, ma vicini col cuore, come le fenici che rinascono dalle proprie ceneri, dissolvendosi in un vapore di nuvole feconde di sogni...» Ines desiderava ardentemente sognare, vagare ed esplorare nuovi orizzonti...oltre le fiabe, al di là di ogni immaginazione, all'interno di un mondo libero da pregiudizi e limitazioni sulla libertà, abbandonato a un'essenza di presenza spontanea.

Questo era l'oggetto dei suoi pensieri, questi i suoi bisogni. Oltre tutto, oltre la follia...oltre la vastità azzurra al di sopra delle nuvole. Alzò gli occhi e contemplò il soffitto, un bianco accecante che gli ricordò quando era stata ospedalizzata a causa di una bronchite. Tuttavia, rammentò che si trovava in un luogo diverso, eppure la sensazione di disagio era uguale. Si alzò dal letto, il corpo avvolto dalla morbida vestaglia rosa, e si avviò verso il bagno. Il riflesso del suo viso allo specchio la inquietò, i suoi capelli erano in disordine e il suo volto era quello di una persona psicotica.

«Mm mm... sono io, ma allo stesso tempo non lo sono...» si disse quasi per incoraggiarsi con lucidità. Non si riconosceva nella persona riflessa.

«Perché ho un aspetto così orribile?» si chiese infine con angoscia.

Un'estate fa

Ines sentiva ancora il sole cocente sulla pelle di un'estate fa, di una giornata al mare, mentre le strade erano animate da persone in cerca di refrigerio e le giornate sembravano non finire mai.

Ricordava spiagge affollate di bagnanti che si rinfrescavano nelle acque cristalline del mare. I colori vivaci degli ombrelloni e dei costumi da bagno risplendevano sotto il sole creando un'atmosfera allegra e colorata.

La donna aveva nostalgia delle serate estive, riempite dal suono delle risate e della musica proveniente dai locali. Erano belle perché le strade si animavano di giovani e adulti, intenti a godersi la dolcezza delle notti estive.

Un'estate fa, Ines era intenta a viversi la vita, mentre ammirava i tramonti che la incantavano con i loro colori caldi e sfumati e le luci dei paesi che si accendevano, creando un'aria romantica e suggestiva.

Tutto era restato impresso nella sua mente, come un prezioso tesoro di gioia.

Un sorriso

Aveva già fatto colazione e ricevuto i medicinali dispensati, con cura, dall'infermiera di turno. Aveva stretto amicizia con Martina, la più simpatica, con la quale aveva piacevoli conversazioni e, quando non c'era, ne sentiva la mancanza. Così, ogni giorno, la terapia le alleviava il peso del suo stato, si sentiva leggera, con un paio d'ali, senza ansia e mal di testa e, se poteva parlare con qualcuno, si sentiva ancora meglio.

Si guardò allo specchio e vide una luce che attraversava il suo viso, era una luce sottile, che mai aveva notato in passato, in quella che considerava la sua vita normale.

Sembrava che stesse facendo una smorfia, ma stava sorridendo. Sì, stava proprio sorridendo.

D'improvviso il suo viso si era illuminato di mille colori.

"Quanto sono bella quando sorrido, lo devo fare spesso!" pensò soddisfatta e fiera. Si avvicinò alla finestra, guardò fuori, era proprio una bella giornata, un sole splendido che filtrava i suoi raggi fluenti, facendoli arrivare fino a lei…

Immersa nel calore del sole che le sorrideva, Ines sentiva svanire tutte le sue paure e la gioia le faceva fremere il cuore. Era la protagonista della sua vita, con un'anima discreta che non aveva bisogno di dimostrare niente a nessuno se non a se stessa. Decise di uscire dalla stanza, aveva voglia di camminare; aprì la porta della sua camera varcandone la soglia, per scoprire le novità di quella nuova vita e mettere a dormire i suoi pensieri. Si incamminò lungo il corridoio della sua nuova dimora e proseguì fino al cortile, attraversando il grande viale che incorniciava il giardino.

Alcuni pazienti erano seduti sulle panchine, mentre altri facevano tranquille passeggiate nel parco. Una giovane donna affascinata dalle sue mani, osservava il delicato movimento delle dita, mentre un'altra si abbandonava al dolce abbraccio di un albero; c'era chi si rotolava nell'erba e chi rincorreva farfalle, mentre un signore, più in là, faceva piroette sul prato, e in lontananza echeggiavano risate festose. Ad ogni suo passo, alcuni le rivolgevano un cordiale e pronunciato "buongiorno", ricevendo in cambio il suo sorriso radioso e gentile. Nonostante l'allegria, quelle persone non stavano bene e si sentì triste, spaesata in quell'ambiente. Ebbe la necessità di ritornare nella sua stanza. Voleva scrivere tutto l'amore che provava per il suo amante immaginario. Così prese una penna e un foglio, pronta a esprimere tutto ciò che il cuore suggeriva.

"Caro mio amore,

oggi, finalmente, mi trovo qui a scriverti; in questa stupenda giornata sono uscita da questo edificio e ho preso il sole, respirando l'aria frizzante della primavera.

Nonostante l'atmosfera opprimente di questi luoghi, cerco di cogliere questi attimi di serenità e di gioia. Tuttavia, non vedo l'ora che ci sia concessa la possibilità di parlare insieme, anima mia. Questo luogo in cui mi trovo sembra vo-

ler cancellare ogni mia peculiarità, uniformandomi agli altri pazienti tristi e anaffettivi, obbligati dalla società a conformarsi ad uno standard senza colori e privo di individualità. Ma io non sono una di loro, grazie anche ai ricordi che condivido solo con te. Ti assicuro che ogni volta che penso a te, il mio cuore si riempie di una gioia senza fine e il mio sorriso diventa più radioso che mai. Nonostante tutti i tentativi di cancellare la mia autoironia e il mio senso dell'umorismo, caratteristiche che mi hanno permesso di affrontare le sfide della vita, non ho mai cessato di essere me stessa. Perché è importante sorridere, anche se poi si sarà costretti a versare qualche lacrima. E ogni volta che sono caduta, l'autoironia mi ha sostenuta e mi ha permesso di rialzarmi, ancora più forte di prima. Ricordo solo una volta in cui l'autoironia ha rischiato di farmi cadere nel baratro, ma poi ho capito l'importanza che hai per me nella mia vita e quanto sei straordinario, anche solo facendomi ridere."

Dopo essersi sfogata, Ines si sentiva già meglio. Stava finendo un'altra giornata all'interno delle pareti bianche dell'ospedale. A volte i sogni possono diventare realtà, pensò tra di sé, mentre scriveva una lettera al suo amore immaginario. Queste lettere le facevano del bene, sembrava quasi che stesse scrivendo a un amore reale. Ines notò che più scriveva, più il suo amore immaginario prendeva forma e si materializzava, offrendo le qualità che desiderava. Adesso aveva un motivo valido per continuare a sopravvivere in quel posto che curava le menti considerate malate, dove i "pazzi" erano persone normalissime e dove il vivere sembrava girare all'indietro, con gli occhi incollati alle meraviglie della vita, distratto dal rumore del mondo. Aveva bisogno di uscire da lì al più presto e avrebbe scritto ancora, ma solo per loro due. Prima di chiudere la lettera, mandò un bacio al suo amore col vento primaverile.

Sono i sogni che muovono il mondo

Un altro giorno giungeva al termine, ogni tramonto era un nuovo inizio. Il sole si spegneva nel cielo e regalava alla notte una bellezza incandescente; dipingeva sui cieli notturni una tavolozza di colori e sfumature, come su un tatuaggio, donando alla nera oscurità un'aura affascinante.

La donna, fragile e forte al tempo stesso, combatteva la sua battaglia quotidiana in quel postaccio, cercando la luce in mezzo all'oscurità, la sua vita ora era un "manicomio". La sua forza era la sua tenacia nel curare le ferite dell'anima, nelle quali cercava una via d'uscita per sognare in un mondo migliore. Era alla ricerca di un amore immaginario che avrebbe potuto liberarla dal tormento interiore.

"Qual è la natura del peccato nella fantasia?" rifletteva Ines. *"Eppure, è attraverso la potenza dell'immaginazione che posso sfuggire alla mia realtà e creare un mondo che rispecchi i miei desideri più profondi... oh, come gli enigmatici sogni possono trasportarmi lontano su un morbido tappeto di nuvole!"*

Un'esplosione di colori

Ines si trovava dietro la finestra, immersa nei suoi pensieri d'amore. Alzando gli occhi verso l'orizzonte, fu colta da uno spettacolo incredibile nel cielo. Era davvero mozzafiato.

Nuvole dorate si estendevano come un tappeto di velluto, illuminato dai raggi del sole che si abbassava lentamente. I colori caldi dipingevano il cielo, creando un'aura magica e romantica. In mezzo a quel dipinto celeste, Ines notò un arcobaleno che si estendeva da un lato all'altro dell'orizzonte. I suoi colori vibranti sembravano danzare nello spazio, creando un'armonia perfetta con il resto del cielo. La donna rimase incantata, osservando quei colori sopra di lei. Si sentiva fortunata di essere testimone di una bellezza così straordinaria. Quel momento le ricordava quanto fosse importante apprezzare le piccole meraviglie che la vita offre. Mentre il sole continuava a scendere, il cielo si tingeva di tonalità più intense. I colori dell'arcobaleno si fondevano con quelli delle nuvole, creando uno scenario surreale e suggestivo. Ines si sentì pervasa da una sensazione di serenità e gratitudine.

Quel momento, nel cielo rappresentava per lei un simbolo di speranza e di bellezza in quegli attimi bui. Continuò a far divagare lo sguardo verso quella meraviglia, finché il sole non si nascose completamente dietro l'orizzonte e sopraggiunse il cielo notturno punteggiato di stelle scintillanti. Ines si sentì come abbracciata, poi si allontanò dalla finestra, portando con sé quel momento magico nel cuore.

Il mare dentro i pensieri

La sua giornata era trascorsa allo stesso modo, niente di nuovo. Dopo i farmaci, la solita terapia di gruppo e le grida lancinanti nel corridoio dei malati più gravi di lei. Un istante prima era passata anche Martina a salutarla, con la quale aveva fatto quattro chiacchiere. Ora, con la mente riposata, ad occhi aperti, stesa su lenzuola bianchissime e fredde come neve fresca, immaginava di essere sulla spiaggia cocente. Librandosi oltre la noiosa giornata trascorsa, le sue priorità avevano ora un'intera nuova dimensione. Sì, in quella spiaggia si sentiva un ritmo caraibico, si ballava sotto il solleone e, a poco a poco, riaffioravano i ricordi di quando aveva vissuto quei momenti in passato; momenti ripresi con la stessa intensità. Una sensazione che le riscaldava il cuore come il sole sulla sua pelle liscia. Il profumo d'infinito del mare e le onde che scompigliavano i suoi pensieri, portarono via tutto il malumore.

Con un foglio immacolato e una penna fra le dita, la mano travolse la pagina vergine con scatti di inchiostro insondabili. Quel momento fu immortalato, impresso per sempre sulla carta.

"Mio caro amore, in questo luogo di tormento e follia, il caldo sembra insopportabile. Mi trovo obbligata all'isolamento dal resto del mondo. Resto in compagnia dei miei

*sogni, quelli che solo tu conosci, poiché tu abiti dentro di me.
Il tuo cuore in trepida attesa, spera per me, e se i sogni sono
fatti della stessa sostanza delle nuvole, allora voleranno alti,
molto alti. Già ora posso percepire i primi movimenti in questa direzione. Immagino l'ebbrezza del tuo abbraccio tanto
atteso, tuttavia la mia presenza in questa istituzione potrebbe
cambiare tutto. Potrebbe accadere che, chiusa nei miei pensieri, non ti riconosca al tuo arrivo, magari vedendoti diverso
nei particolari, magari con una barba lunga che maschera la
tua faccia come una seconda personalità. Ciò nonostante, la
tua dolcezza e i tuoi modi gentili, distintivi della tua unicità,
mi riserverebbero la possibilità di riconoscerti. Sei solo tu e
questi pensieri che mi richiamano all'ombra del passato. Sei
come quell'incontro fortuito nel bar dei ricordi, in cui deci-
fravo a fatica i segreti delle ormai sbiadite fotografie, solo tu
puoi, con le tue parole, far rivivere quel passato ricucito. E
così, vorrei dirti tante cose: il coraggio che ammiro in te,
l'amore che provo nei tuoi riguardi, i desideri che condivi-
diamo; tutto quello che non ho avuto il coraggio di accennare
finora."*

La follia dei matti

Il mattino seguente, mentre stavano facendo attività di gruppo, un paziente cominciò a guardare il soffitto con occhi spalancati, mentre batteva le mani mormorando parole incomprensibili. Il suo comportamento strano e inquietante attirò l'attenzione dei tanti che osservavano la scena con un misto di curiosità e preoccupazione. Sembrava essere immerso in un suo mondo interiore, completamente distaccato dalla realtà circostante. Il suo stato mentale instabile e la sua evidente agitazione creavano una sensazione di tensione e disagio nell'ambiente. Alcuni avevano paura, mentre Ines lo guardava divertita e gli sorrideva. Una paziente iniziò a battere pugni sul tavolo, attirando a sé l'attenzione. Tutti si voltarono verso di lei, in silenzio, aspettando di vedere altro. Con voce ferma e decisa iniziò a cantare; allora un terapista prese la chitarra e l'accompagnò con la musica. Man mano che procedeva, la sua sicurezza cresceva, insieme al suo tono di voce e diventava sempre più brava. Riuscì a catturare l'interesse di tutti i presenti che ascoltavano in silenzio. Al termine di quella esibizione canora seguì un caloroso applauso e i pazienti con il viso dipinto di gioia ritornarono alle rispettive camere.

Profumo di caffè

Un delizioso aroma permeava l'aria circostante, un bouquet che conosceva con familiarità. Era una pratica ritualistica che faceva parte della sua routine quotidiana, prima che finisse in quel luogo deprimente, sia in solitudine che in compagnia... l'aroma del caffè circondava la stanza, benché provenisse da un luogo distante.

Ines, avvolgendosi rapidamente nella vestaglia, si incamminò con passo deciso lungo il corridoio dell'istituto psichiatrico, seguendo la fragranza familiare che l'attirava come un richiamo. Quando arrivò in cucina, guardò il caffè appena fatto con occhi desiderosi, pensando che doveva sicuramente essere delizioso, forse addirittura superiore a quello che preparava in casa.

«Potrei averne un po' per favore?» chiese gentilmente al personale.

«Sono spiacente, ma non posso concedervelo. Tuttavia, poiché siete qui, farò un'eccezione questa volta! Ma solo un goccio!» rispose cordialmente un signore, forse un infermiere che stava facendo una pausa.

Le fu offerto il caffè in un bicchiere di plastica. Dovette accontentarsi, non aveva con sé la sua tazzina preferita. Non gustò con calma la bevanda, ma la bevve di corsa, senza goderla appieno. Doveva rientrare in stanza per evitare ammonimenti. Il presente non aveva lo stesso sapore del passato e quel caffè riportò alla sua mente ricordi cari. Mentre il suo cuore traboccava di nostalgia camminando per il corridoio, un'infermiera, sua conoscente, si avvicinò per salutarla e le chiese come stesse; Ines sospirò pesantemente. «Non troppo bene, Martina. I miei dolori alla schiena sono peggiorati e non riesco a riposarmi come vorrei».

Martina annuì con comprensione. «Mi dispiace sentirlo» - e dopo aver riflettuto aggiunse: «Capisco! Forse dovresti provare qualche terapia fisica, potrebbe aiutarti a ridurre il dolore in maniera efficace».

Ines annuì. «Sì, credo che tu abbia ragione, proverò a prenotare una visita con il fisioterapista. Grazie per il consiglio, Martina. Apprezzo molto il tuo supporto in questo momento difficile».

«Sono qui per te, Ines. Non esitare a chiedere aiuto quando ne hai bisogno», rispose infine Martina, offrendo un sorriso rassicurante.

Una piacevole sorpresa

Nella saletta, i pazienti attendevano le visite dei familiari; alcuni erano un po' nervosi, altri erano calmi, altri erano euforici e saltellavano. Da lontano Ines vide un volto conosciuto, era la sua vicina che la salutava con la mano. Quando si avvicinò, sentì un leggero sollievo al cuore. Entrambe si scambiarono un caloroso abbraccio, felici di potersi rincontrare in quel luogo, sebbene le circostanze non fossero le più piacevoli; Ines si ricordò della promessa fatta dalla vicina al momento del ricovero. Le due donne trascorsero il tempo della visita conversando animatamente, ridendo, ricordando i bei momenti trascorsi insieme nel vicinato e scambiandosi incoraggiamenti a vicenda. Quella breve pausa dalla routine quotidiana rappresentò per Ines una boccata d'aria fresca, un momento di condivisione e solidarietà in un periodo di incertezza.

Quando si salutarono e Ines ritornò in stanza, si appoggiò sul letto e iniziò a fantasticare ad occhi aperti, come quando era bambina.

Luci dal passato

Davanti a lei scorrevano le scene di Ines bambina: era felice, mentre correva e andava in bicicletta, con le ginocchia sbucciate. Si rivide divertita a fare capriole nei prati e passare le ore a rincorrere farfalle. Era una visione nostalgica e dolce, che le riportava alla mente i momenti più spensierati e gioiosi della sua infanzia.

Ebbe tanta tenerezza per quella bimba che era stata, quando il mondo le appariva semplice e luminoso, privo delle ombre e delle complessità che avrebbe affrontato da adulta. Ebbe una folata di calore al cuore ripercorrendo quegli istanti felici e una sensazione di serenità che non provava più da tempo. Mentre osservava quelle immagini del suo passato, un sorriso le affiorò sulle labbra. Per un breve momento, riuscì a disconnettersi dal presente e a lasciarsi trasportare dalla magia di quei ricordi, come se potesse tornare indietro nel tempo e rivivere quei momenti bellissimi.

Rintocchi dentro gli occhi

Desiderava un profumo e un sapore unico per iniziare bene la giornata. Lì nella sua stanza non aveva tante cose da fare, non sapeva come ammazzare il tempo.

Si adagiò sul letto, distese le gambe, fece un lungo sospiro… Frugò tra i ricordi della sua mente come in un cassetto antico, pensieri e immagini sembravano riflessi meravigliosi sulla superficie di un mare chiaro. Un sole raggiante illuminava tutto, il suo bagliore accarezzava la pelle e scaldava il cuore, mentre le onde dolci danzavano sulla riva. In lontananza una melodia malinconica si mescolava alle risate e ai gridolini dei giovani vacanzieri che si divertivano nelle acque cristalline, riempiendo l'aria di gioia e spensieratezza.

Vide la propria vita scorrerle davanti, come un film a rallentatore. Capì che per essere felice bastano piccole cose e non necessariamente gesti grandiosi, eccessivi. Anche solo un radioso bagliore di sole o il miracolo della natura potevano conferire alla vita mille tonalità di colore. A un certo punto, tuttavia, quell'abbondanza di bellezza sembrò insufficiente e tutto ciò che aveva costruito con cura, come uno specchio, ad un certo punto, si infranse in mille pezzi brillanti.

Ines emise un altro sospiro, seguito da uno sbadiglio di autocommiserazione. Si conosceva bene, era pronta a sorprendere gli spettatori, ancora una volta, con una sua nuova performance. Sul palcoscenico della vita, la sua parte non era sempre scontata e talvolta doveva abbandonare lo script per sopravvivere e seguire i tumulti interiori che non davano tregua, essendo continuamente in conflitto con la sua indole e con il mondo intero.

La voce nell'ombra

In fondo al corridoio si sentivano urla lancinanti, qualcuno si lamentava e nessuno sembrava occuparsene, un matto gridava aiuto. Le sue grida echeggiavano tra le fredde pareti di quel vecchio edificio. Ines aveva il cuore che batteva all'impazzata. Aveva sempre cercato di evitare quella parte dell'edificio, ma qualcosa la spingeva ad avvicinarsi quel giorno. Passo dopo passo, si avvicinò alla stanza da dove provenivano le urla. La luce fioca dei neon lampeggianti gettava ombre spettrali lungo il corridoio. Quando la donna, finalmente, raggiunse la porta socchiusa, fece un respiro profondo e, con un misto di coraggio e curiosità, la spinse fino ad aprirla. Intravide così una figura emaciata che giaceva sul pavimento, contorcendosi in preda a un evidente dolore. Gli occhi dell'uomo si spalancarono nel vedere Ines e, con voce rotta, implorò: «Per favore, aiutami... non posso sopportare oltre...» Lei si chinò accanto all'uomo, cercando di confortarlo. «Cosa ti è successo? Come posso aiutarti?» chiese, tentando di nascondere la sua apprensione. Lui ansimò, cercando di trovare le parole. «È dentro di me... una creatura... un'ombra... devo liberarmene prima che sia troppo tardi...» Allora capì che il tempo era essenziale per guarire dalle malattie mentali.

Voleva trovare le parole giuste per consolare quell'uomo

in preda alla sua pazzia. Ma come? E soprattutto, chi o cosa era la creatura di cui parlava? Forse qualche paura inconscia, o qualche ferita dell'anima ancora sanguinante, pensava Ines. L'uomo faceva strani gesti con le mani e la supplicava di non andare via, dibattendosi e spiegandole che voleva solo parlare.

Sentì un brivido lungo la schiena mentre la realtà dell'orrore che stava vivendo diventava sempre più chiara.

Macigni sul cuore

Quell'episodio amplificò enormemente la sua tristezza. Nel colore spento di quelle giornate, tutte uguali, il grigiore di quella sua nuova vita gravava come massi sulle sue fragili spalle. Ines abbracciava questa croce senza lamentarsi, con dignità, accettando la nuova realtà, anche se le stava stretta, e intanto si abbandonava a nuove riflessioni…

Ha occhi grandi la sofferenza: non parla, tace, sta in un angolo, con ali di cera dentro vestiti sgualciti, mentre la cattiveria, con occhi piccoli, sa quello che vuole e sbraita intorno ai poveri di lacrime che non hanno più niente da offrire, erranti, in un destino beffardo, sull'altalena dei ricordi: a fare a botte con la vita, uno schiaffo in una carezza, una carezza in un pugno. A rincorrere ogni attimo fugace che fugge, fugge, si rispecchia nei ristagni del tempo e lascia un macigno sul cuore che a chiudere tutte le ferite non basta…. Tutti in fila, distanziati dal proprio ego, a vendere le proprie stoffe al mercato dell'organza per il vestito più bello!

Lei aveva pochi vestiti e ripeteva a se stessa come mantra fortificante: *"Posso muovere anche le montagne, ho bisogno di una grande forza di volontà, non posso lasciarmi abbattere"*.

E quando finalmente la notte accoglieva la sera, Ines si rifugiava nel suo mondo incantato fatto di sogni, di luci e speranze: il peso della sua esistenza iniziava a scivolare via con leggerezza. I ricordi del passato arrivavano a farle compagnia. Rivedeva le luminarie della festa di S. Paolino del suo paese, era spensierata e felice con poco; le passeggiate su e giù in piazza per il viale degli innamorati, con le amiche, tra le bancarelle, ascoltando la musica che proveniva dal palco e poi i colori scoppiettanti nel cielo dei fuochi d'artificio.

E così tra i bei ricordi dei tempi andati, si lasciava trasportare nel più bel viaggio tra le sensazioni. Con mano sicura, stilò poi quei pensieri ardenti che pulsavano nella sua mente, sul foglio bianco dove le parole fluivano come danze ancestrali. Anche quella notte, come ogni notte, scrisse al suo amore.

"Caro amore mio, in questo labirinto di follia, l'atmosfera è così gelida che le finestre rimangono sigillate. Solo il calore del tuo abbraccio mi riscalda, anche se sei lontano da me. Il giorno e la notte si confondono tra queste mura senza tempo, ma i tuoi occhi splendenti appaiono come due stelle luminose, donando vita alla mia esistenza. Vorrei tanto avere quegli occhi affascinanti a un passo da me in questo istante, per poterne ammirare e apprezzare tutta la bellezza, per farmi avvolgere con i loro raggi di luce, e scoprirne la loro grazia con passione. Grazie di esistere e di essere il mio sogno reale, meraviglioso e coinvolgente. L'amore dovrebbe brillare negli occhi di chi lo prova da lontano, dovrebbe cavalcare tempeste per emergere al di sopra di tutto. Mi piace pensare all'amore come dovrebbe essere, alla semplicità, alla purezza e alla coerenza del cuore, ad una persona con

la quale si può parlare di tanti argomenti, confidare tutte le ansie e le paure, al mio amore immaginario."

Ines, continuava a scrivere di getto finché si addormentava con un sorriso incantato stampato in viso.

I bulli non sono un'invenzione

"*Amore mio, mi manchi più di quanto io possa esprimere a parole. Eravamo complici, ci facevamo compagnia reciprocamente e la tua anima completava la mia. Eri bello, non solo esteriormente, ma anche dentro, nel profondo della tua anima. Adesso sei lontano e mi hai lasciato in uno stato di smarrimento, in questo luogo chiamato manicomio. Dicevi di amarmi, ma non ho più notizie da te. Non so come stai, se ancora pensi a me e se mantieni quella promessa d'amore che mi hai fatto. Desidero leggere le tue lettere, ma qui non ne ho ricevute. Ti prego, torna presto da me. Se ancora nutri del sentimento per me, dimostrami un po' del tuo amore. Il mio cuore è pervaso dall'esigenza di doverti scrivere sempre. Il luogo in cui mi trovo è triste, privo del prezioso calore umano, mi sento così sola... Nessuno qui fa niente per niente. Sono costretta a constatare che i medici curano solo coloro che possono pagare e l'assenza di sentimento umano scuote le fondamenta della mia anima esposta al rischio dell'oblio di se stessa. Sono consapevole che ai loro occhi sono un caso da studiare, una cartella clinica, un cervello inceppato come tanti che quotidianamente esplorano. Ma ti chiedo: chi stabilisce la normalità? Tu lo sai? Mi sento meno di nessuno. Come un numero di statistica. La mancanza di empatia e di rispetto traspare anche dal loro crudele modo di parlare con i pazienti. Dimmi che per te sono importante... come tu lo sei per me, dammi la forza di scriverti e il coraggio di sopravvivere alle nefandezze di questo bullismo. Sì! Perché anche questo è bullismo. In questo carcere, spogliata della mia vita, ho solo i miei ricordi che mi aiutano a sopravvivere in questi giorni amari... in questo trambusto di emozioni in camicia di forza, dove non c'è rispetto per le persone. Quando penso ai bulli, penso che nessuno, in realtà, nasce cattivo, ma che molti lo diventano, in ambienti familiari malsani, coi cattivi esempi, nelle esperienze negative della vita, con maltrattamenti e con umiliazioni. Le vittime di bullismo a volte si ritrovano in questo posto, con problemi di ansia, di depressione, con ferite dell'anima difficili da guarire, dove ci regalano caramelle amare che non scendono giù. In questo "manicomio" mi piacerebbe parlarti di persona per farti capire quanto sei importante per me. È triste che non possiamo essere vicini. Tuttavia, permettimi di sentirti presente attraverso un piccolo segno del tuo affetto. Vorrei trascorrere del tempo con te, uscire per gustare quel delizioso tè nero ai fiori d'arancio che scalda il mio cuore. Ricordi quella volta? Non ho mai dimenticato quello speciale momento. Possa il mio cuore essere riscaldato nuovamente. Con tutto il mio affetto, ti mando un bacio."*

Il sole si ergeva alto nel cielo e i suoi raggi giocavano tra i capelli di Ines con leggerezza, mentre era appoggiata con le mani sulla grata di protezione della grande finestra che guardava sul cortile di quella struttura, in cui si trovava. "Eccellente giornata!" pensò. Desiderava uscire per cogliere delicati fiori in un rigoglioso prato e prendere parte a innovative scorribande. Rivolse lo sguardo verso il soffitto e il bianco avvolse la sua visione; non vi era alcuna novità. Cercò con cura le parole per incoraggiare la sua dignità in quello strano posto. "Sono rimasta intrappolata in un manicomio che cerca di plasmare il mio spirito, che non otterrà mai il successo di piegarmi".

La cattiveria viaggia da sola, non ha amicizie, quando guarda negli occhi e colpisce alle spalle

Ines era una testa pensante che non si lasciava influenzare dalle persone o dalle situazioni, non era una bandiera che sventolava al vento da ogni parte. La sua riflessione verteva su alcune persone: quelle impregnate di malvagità e iniquità, sempre pronte a sentenziare maleficamente sugli altri. Questo misto di nefandezze e abiezioni le faceva venire il voltastomaco, e perfino in quel luogo malsano, dove spesso l'umanità era un valore dimenticato, riusciva a non essere contaminata; neppure da una sola briciola di cattiveria.

Lei era genuina e spontanea. Nonostante fosse spesso fraintesa, desiderava ardentemente rimanere così com'era. Anzi, era orgogliosa di essere ciò che era e preferiva stare sempre per conto proprio. Non aveva amicizie.

Era convinta che si nasce soli e si muore soli, poiché a volte gli amici spariscono nel momento del bisogno. Desiderava essere se stessa e non le importava ciò che gli altri pensavano di lei. La sua testolina girava a mille quando, a volte, era stravagante, ma mai si percepiva cattiva o violenta, neppure quando conoscenti volteggiavano sulla sua buona fede come avvoltoi. Si presentavano con dolcezza per accattivarsi la sua fiducia, ma poi… quante delusioni aveva ricevute. Gli avvoltoi sono sempre in agguato per nutrirsi di animali feriti. La loro malvagità è una luce fredda che scolora tutto ciò che tocca. Bisogna stare sempre in guardia, pensava Ines, mentre un altro giorno giungeva al termine e lei si sentiva serena nel suo cuore. Chiuse gli occhi dolcemente.

Tra sogno e realtà

L'alba di una nuova aurora spuntò all'orizzonte e Ines si risvegliò dal sonno profondo con un balzo. Ripensando al sogno appena fatto, sentì la sensazione di avere incontrato, finalmente, il suo amore immaginario e di aver trascorso momenti indimenticabili con lui. Le immagini dei momenti passati insieme, intensi e palpitanti, la seguirono anche al di fuori dei confini del suo sogno, testimoniando una passione ardente e sincera, permeata da un leggero tocco di follia, sotto un cielo stellato.

Il sottofondo di baci e carezze sulla pelle persisteva nella sua memoria, come i sussurri delle parole dolci all'orecchio. Ebbe la sensazione che qualcuno le stesse vicino: un brivido caldo percorse il suo corpo avvinghiato sul letto e la scosse dal torpore; un ricordo indelebile la portò lontano. Poi, notò un foglio bianco e una penna sul tavolo accanto a lei. Con un sospiro di sollievo, prese la penna e iniziò a scrivere.

"Caro mio amore, oggi che celebrerai un momento così importante, non posso perdere l'occasione di farti i più sinceri auguri e mandarti i baci più appassionati. Sono qui per te, dopo un periodo di assenza, per dimostrarti quanto sia vero questo amore. Non sono una marionetta che si muove a comando, ma una donna con sentimenti e umori, con risate e lacrime. Sono pronta ad ammettere i miei errori, a scherzare

e a sorridere con il cuore aperto, senza artifici. Non mi lascio scoraggiare dalle batoste della vita, anzi, ne traggo ispirazione per ballare e cantare, per prendere la vita con ironia e allegria.

Non voglio essere vista come un oggetto decorativo, ma come un essere complesso e vibrante. E tu, amore mio, non sei soltanto ciò che il mondo ti impone di essere, sei molto di più. La tua anima custodisce una bellezza e una saggezza che mi affascinano ogni giorno di più. Pensavo che tu fossi solo dolce, ma ora mi rendo conto che sei tanto di più. C'è così tanto di te che non ho ancora scoperto. Eppure, la tua presenza è talmente forte che so che sarai sempre con me, anche quando il tuo nome verrà ripetuto da altre donne. Le tue iniziali sono incise sulla mia pelle e rimarranno lì, come un tatuaggio. Anche se siamo separati fisicamente, nei miei sogni più belli saremo sempre insieme.

Vivo solo per te, ma mi manca un amico speciale a cui poter parlare di noi. Per me, l'amore è rappresentato dalla gioia che sento quando ti penso, un sorriso che appare all'improvviso. Mi hai insegnato tutto questo. Quando provo una scintilla, un brivido caldo, le farfalle nello stomaco, non posso fare a meno di chiamarti amore. Un giorno uscirò da questo manicomio per abbracciarti e dirti grazie di esistere, amore mio immaginario."

La penna scorreva per conto proprio, conscia del dovere di fissare le parole su carta, poiché i vocaboli sono effimeri come il vento, mentre le scritture restano lì sul foglio, con l'inchiostro possono trovare riparo in un rifugio sicuro. Ines era appagata di essere lì. Iniziava a non considerare la sua permanenza in quel luogo come del tempo sprecato, ma piuttosto come un'opportunità per vivere appieno ogni giorno. Sentiva di essere utile, almeno a se stessa. Aprì la finestra e inspirò profondamente l'aria fresca e pura, mentre il sole brillava vivacemente nel cielo blu e diffondeva il calore in ogni dove. Tuttavia, lei avrebbe desiderato che il sole fosse solo suo poiché sembrava che nel manicomio non ci fosse mai abbastanza calore per soddisfare il suo bisogno. L'aroma intenso della colazione invase la stanza. Con una sensazione di piacere e attesa, si accorse che il portavivande aveva già iniziato il suo giro quotidiano. Ogni volta aspettava con gioia quel dolce momento gustoso e appagante; del resto in quel luogo non vi erano tante varianti di cose da fare.

All'improvviso udì una voce squillante chiamarla. Alzò lo sguardo e vide la signora della stanza adiacente che le fece cenno di avvicinarsi. Le chiese sottovoce se avesse fatto colazione «No, ancora no!» La signora amareggiata sussurrò. «Forse si sono dimenticati di noi...». Con l'animo amareggiato la donna si ritirò nella propria stanza.

Un altro giorno trascorreva in quell'ospedale psichiatrico e la donna vagava irrequieta avanti e indietro nella stanza, anche se tutta la sua inquietudine non avrebbe cambiato nulla. La vita scorreva davanti a lei come in un film, giorno dopo giorno. Recitava parti già vissute, poiché come attrice aveva imparato bene la parte e non sbagliava mai. Gradualmente, stava percorrendo un lungo cammino. Ines osservava come spettatrice la sua vita che le sembrava trasmessa in televisione e accompagnata da uno spettacolo mozzafiato.

Discendeva nell'abisso, rivelando il proprio carattere e

l'atteggiamento distintivo. Il trascorrere del tempo non aveva inciso sulla sua persona, che talvolta appariva fragile ma che in realtà aveva sviluppato una scorza resistente e protettiva. La sua esistenza le passava davanti agli occhi come un lungo cortometraggio, in cui ogni ferita si era quasi del tutto rimarginata, lasciando un delicato solletico al cuore come quello di una piuma svolazzante.

Con la stessa leggerezza, afferrò carta e penna per dare sfogo alla sua ispirazione.

"Caro tesoro mio, mentre ti scrivo queste righe in questa dimora affollata, il calore delle tue mani penetra ancora la mia anima e i tuoi occhi belli che mi scrutano con tenerezza, sprigionano una luce fantastica, tale da far sembrare che le stelle siano scese sulla terra. Il palpito del mio cuore è così forte che sembra vibrare dall'eco delle nostre parole sul letto. Ogni volta che leggo le tue parole, la mia anima malinconica e ferita si riscalda e si rigenera.

Tu che hai guardato nel profondo della mia anima, hai letto ogni sfumatura del mio sentimento e ogni mia emozione. Sotto i tuoi occhi, l'apparenza non ha valore, poiché hai visto oltre, hai scorto l'amore che arde in me e ti sei assicurato che io possa mostrarmi per ciò che sono, sincera e autentica. Solo tu esisti per me, l'unica certezza in un mondo incerto e faticoso.

Per sempre tua."

Ogni minuto ogni secondo

Il tempo trascorreva inesorabile, mentre Ines si perdeva in profondità, dentro emozioni forti, dietro i pensieri evocati da quelle lettere, abbandonando tutti i suoi ben ponderati propositi. Vagava in cerca dei suoi ricordi e i suoi occhi si chiudevano, sempre di più... Come un velo di nostalgia che le avvolgeva l'anima, ogni parola scritta sembrava risuonare nel suo cuore, risvegliando sentimenti mai dimenticati e sogni mai realizzati. Ogni lettera era un frammento del suo cuore, un'eco del suo dolce sentire. Ines si sentiva intrappolata in un labirinto di emozioni, dove ogni angolo nascondeva un pezzo di storia che le sembrava sempre più reale.

Con un gesto lento e le dita tremanti, sollevò una lettera dal tavolo, mentre sfiorava la carta un po' ingiallita. Le parole scritte con così tanta passione sembravano danzare abbracciate, mentre il suo cuore batteva forte.

A un certo punto gli occhi si chiusero. Fingeva di dormire. O forse dormiva. Nei suoi attimi di attesa, mentre il sonno la cullava, udiva, distintamente, il tintinnio dell'orologio scandire ogni minuto e ogni secondo. Un tuono risuonò fuori dalla finestra, seguito da un lampo che squarciò l'ombra della stanza e le ricordò di essere viva. Improvvisamente, la sua vita le scorse sotto gli occhi e lei esalò un sospiro rilassato. In quel letto respirava e poteva ringraziare, di giorno in giorno, il buon Dio.

La fenice

Man mano che la sera avanzava, Ines si abbandonava a un sonno profondo e ristoratore. Provava un senso di pace interiore che non aveva mai sperimentato prima. Gli affanni e le preoccupazioni che la tormentavano si dissolvevano, come per magia, come fossero stati gettati in un cesto della spazzatura. Lei solitamente faceva pulizie nella sua vita, eliminando fardelli opprimenti e inutili.

Rinasceva sempre con un sorriso sulle labbra, come una fenice dalle proprie avversità. Aveva attraversato momenti difficili, ma grazie al suo coraggio e alla sua forza interiore, Ines non si era mai arresa. Niente poteva oscurare il magnifico sorriso che illuminava il suo volto. Baciata dai primi raggi dell'alba, dormiva ancora profondamente... finché un rumore, in vicinanza, la fece sobbalzare. Si alzò di scatto e si diresse in bagno, dove attese che l'acqua gelida del rubinetto le lavasse via la stanchezza della notte. Voleva svegliarsi bene prima di fare colazione. Uscì dalla camera e lungo il corridoio incontrò altri pazienti con cui chiacchierare, ma non le diedero troppa corda, ognuno era perso nella propria terapia. Rientrò in camera e iniziò a scrivere con tutta se stessa.

"Mio caro amore, in questo luogo ostile mi manca ardentemente la luce del sole. Dimostrami per favore quella

stessa importanza che io nutro nei tuoi confronti, attraverso gesti tangibili. In questo modo saprò con certezza se le mie parole trovano eco nel tuo cuore. Sono assetata delle tue emozioni e di conoscere tutto quello che hai nel cuore. Ti ho già confessato che non gioco a scacchi, perché l'unica sfida che ho sempre voluto sei stato sempre e solo tu. Anche se talvolta ho commesso degli errori, te ne ho parlato e ho sempre cercato di rimediare. Non appena ti ho incontrato, ho smesso di guardare oltre, perché sei sempre tu l'unica persona che conta veramente. Sei il mio re e io la tua regina, a cui nessuno può paragonarsi per bellezza e nobiltà d'animo. Non mi trucco per non mettermi in risalto, non vedo il senso di farlo in un luogo in cui la pornografia e la miseria umana sono all'ordine del giorno. Il mio cuore batte soltanto per te, e riconoscerei la tua presenza tra mille altre. Riesci a distinguerti per la tua classe, la tua autentica virilità, il resto è noioso e irrilevante. Ho imparato che il cuore non si può controllare. È grazie a questo organo che mi batte in petto che sono arrivata a te, quando hai avuto bisogno di me. Ricordo ancora quella foto che brilla nella mia memoria, con il mio saluto mattutino e i miei baci sussurrati. Il mio cuore non si può ingannare."

Quando Ines si concedeva il piacere di scrivere al suo amore immaginario, si sentiva subito attraversata da una sensazione di benessere. Sapeva esattamente cosa dire e il flusso di parole nasceva spontaneo come una cascata maestosa. Si immaginava seduta sull'altalena, dondolandosi al ritmo del vento, lasciando che i suoi pensieri la portassero lontano.

Erano essi stessi la spinta che la faceva volare sempre più in alto, e Ines si aggrappava ai suoi pensieri con tutta la foga della sua anima.
Senza esitazione, riprese carta e penna, avvertendo una forte vena creativa che la percorreva da capo a piedi.

"Buongiorno, amore. Come puoi vedere, ti sto ancora scrivendo. La tua assenza si sente maggiormente quando ti trovi immerso nei tuoi pensieri. Ho capito il motivo per cui siamo destinati ad incontrarci. Se ci fermiamo a riflettere, ci rendiamo conto che abbiamo molte difficoltà del passato in comune, delle quali tu hai scelto di non approfondire perché rappresentano una ferita troppo dolorosa. Tu hai trovato la forza di voltare pagina e lasciare tutto alle spalle, io invece sono ancora qui a cercare di superare degli ostacoli. Purtroppo nella vita non possiamo scegliere i nostri genitori. A volte un distacco netto dal passato è necessario per poter compiere un cambiamento e rompere con le vecchie abitudini. Non devi preoccuparti, hai fatto ciò che sentivi fosse giusto per te. Pensaci: sto soffrendo di più io. Nella foto che ti ho inviato ho dei fiori tra le mani; stavo camminando lungo una strada difficile, portando con me sogni e aspirazioni, in cerca di giornate di sole. Malinconicamente sospirando, ho visto che la porta era chiusa. Comprendo la difficoltà che stai attraversando. Tuttavia, devo esprimere la mia ferma opposizione all'idea di ricovero in un ospedale psichiatrico. Condivido la mia anima con la natura, e con la compagnia illuminante di persone positive, così come la gioia di scoprire orizzonti nuovi attraverso il viaggio e la raccolta di espe-

rienze emozionanti che scrivo con cura come se, volentieri, dipingessi un ritratto. Devi considerare le sfumature delicate delle nostre anime, che solo noi solitamente conosciamo. Sono impaziente di rivederti al più presto.
Con affetto sincero."

Giri di Valzer

Ines si sentiva rinfrancata con quelle lunghe conversazioni epistolari al suo amore immaginario, i suoi problemi svanivano come neve al sole. Un altro giorno stava per passare, seguito dall'inesorabile ritmo dei passi di un valzer. Si sedette e cominciò a meditare su quale fosse la sua più grande passione. Ora che si trovava in quel posto, dove il tempo sembrava non passasse mai, aveva tutto il tempo che le serviva per coltivarla. Non poteva dipingere. Dalla direzione era giunto l'esito negativo di avere il necessario per farlo. Le avrebbero concesso solo fogli e matita, ma non era la sua tecnica: lei amava i colori e la tavolozza di acrilico o tempera. Un altro giorno chiusa dentro quelle mura bianche, senza neanche un pizzico di colore per ricordarle della primavera, vestita del giallo delicato delle primule e del rosa tenero delle gemme. Lei sentiva la fragranza di quei fiori che non poteva vedere quando apriva la finestra; finestra che richiudeva subito per il freddo. Con il cuore riscaldato dai ricordi e dai rumori del passato, sospirava… "Mia cara primavera, un giorno senza di te è come il nulla" diceva tra sé. Poi, con coraggio, prese carta e penna…

"Mio dolce amore, in questa primavera nella quale sento la tua presenza nell'aria, il tuo profumo al muschio bianco si è posato delicatamente sul mio cuore. Oggi è stata una gior-

nata difficile per me, in cui tutto sembrava voler rovinare lo spirito della stagione, ma il pensiero di te mi ha tenuto forte. A volte sento un richiamo irresistibile all'avventura, un bisogno di fuggire dallo stress e di dare sollievo a coloro che hanno bisogno, ma non appena il mio cuore si posa su di te, mi sento a casa. In questo posto in cui tutto sembra essere una lotta, tu sei la mia pace. Anche se l'idea di scriverti può sembrare futile, so che il tuo sorriso e la tua felicità sono tutto ciò che conta. La mia mano non smetterà di scrivere fino a quando non potrò dirti di persona quello che metto sul foglio bianco, perché per me sei importante oltre ogni misura."

Tra quelle mura candide, Ines trascorreva le sue giornate, ma la sua mente vagava altrove, portata via dalle emozioni, fino a sentire il frangersi delle onde sulla battigia del mare...

Una leggera brezza accarezzava la sua pelle, dolcemente. Mentre pensava che l'estate passata narrasse la storia di loro due, riusciva a percepire, in lontananza, la soave e romantica melodia di una canzone di Fred Bongusto. Il sole splendeva e le sorrideva, con raggi sfavillanti... Ines si sentiva abbracciata, mentre si cullava in quei pensieri, che risuonavano freschi e zampillanti come acqua purificatrice. Prese in mano il suo strumento preferito e cominciò a descrivere tutti i sentimenti che la pervadevano, come una dolce sinfonia che risuonava nella sua mente.

Caro mio amore, sono lieta che tu sia passato a salutarmi, seppure a distanza, con un gentile cenno della tua mano. Dall'alto della finestra del manicomio, ho osservato il tuo gesto e sento la tua presenza vicina. Lo so che mi vuoi bene, è il mio cuore che me lo suggerisce. Non vedo l'ora di ristabilire la nostra bellissima intesa, di ritrovare la magia che ci legava, di poter nuovamente ascoltare la tua voce melodiosa, che sempre ha avuto il potere di rendermi emozionata. Desidero raccontarti della volta in cui scherzavo con te, e spiegarti meglio ciò che all'epoca si confondeva. Ti ricordi quando ti ho dato il numero della stanza in cui mi trovo? Se lo hai ancora conservato, potresti farmi una sorpresa e chiamarmi. Sarò io personalmente a rispondere alla chiamata. Sei troppo importante per me. Se anche tu lo desideri, mi piacerebbe uscire da qui... ora farò una passeggiata attorno a questo edificio. Ti prego, non dimenticarmi. Anche se ho passato momenti difficili, ho scelto di non farmeli pesare. Adesso reagisco in modo diverso e, se inizio a piangere, lo faccio solo davanti allo specchio. In un'altra occasione, sarò lieta di essere anche felice. Il tuo cuore è il luogo più rassicurante che conosca. Mi sento protetta quando sono vicino a te, e so che resteremo insieme per sempre."

I giorni in quel luogo deprimente venivano strappati dal calendario con forza, ma la quantità di ricordi e di nostalgia che continuavano a tormentarla non la facevano sentire in pace. Un rumore, proveniente dal corridoio, le fece riprendere coscienza: si trattava dello scricchiolio dei piatti: era ora di cena. Ines non aveva molta fame, ma solo voglia di mangiare, come diversivo, in una giornata dal grande senso di vuoto.

A volte, il peso della routine sembrava opprimerla. Aveva la sensazione che i ragni, ogni tanto, le camminassero in testa,

vedendo tutto nero. In quei momenti le serviva un po' di viva-
cità, come la frutta colorata del piatto che le era stato servito.
Decise di mangiarla; il resto del cibo non lo toccò.

Il gelido inverno

Era appena arrivata sera, ma sembrava notte fonda. Ines non sapeva come trascorrere il tempo. Non voleva guardare la televisione: una scatola grigia, inanimata, che la assillava con pubblicità e cattive notizie, bombardamenti insani per il cervello. Decise di spegnerla dicendo a se stessa: "Questa è la mia vita e voglio viverla. Nessuno può dirmi cosa fare", mentre il battito del suo cuore si faceva sempre più forte.

Le ore sembravano immobili. Tuttavia, era trascorso un anno da quando Ines era stata internata in quella clinica, con i suoi improvvisi problemi. Era un luogo dove i giorni erano tutti uguali e la terapia sempre la stessa. Lei sentiva di essere in un luogo oscuro, un luogo chiamato manicomio, nel mezzo di un presente incerto e di un futuro nebuloso, che, però, avrebbe potuto essere migliore. La donna si affacciò alla finestra: era tutto immobile, gli alberi erano coperti di neve e il mondo era glaciale, nemmeno un fiore a rallegrare quella natura asettica priva di accoglienza; alzando lo sguardo, vide enormi stalattiti di ghiaccio scendere dalle grondaie e le sentì come tante spade nel petto; l 'atmosfera si fece più tetra. Rimanendo per tanto tempo in quella struttura, come una reclusa, aveva perso la percezione del tempo.

Ines era inquieta, non sapeva come passare le giornate.

Poi si ricordò del calendario, custodito gelosamente nel cassetto del comodino accanto al suo letto, lo prese e rimase incredibilmente sorpresa: mancava poco a Natale. Così strinse forte la sua amata penna, ansiosa di annotare qualcosa.

Scrutando tra le sue emozioni più profonde, iniziò a buttar giù tutto ciò che aveva dentro.

Il compleanno

Nel rigoglioso giardino della clinica si stava organizzando una festicciola e Ines, curiosa, guardava dalla finestra. Decorazioni colorate e palloncini ondeggiavano dolcemente al vento, mentre le note delicate di una chitarra suonata da uno dei terapisti riempivano l'aria di una melodia serena. Ines aveva dimenticato che giorno fosse. Vestita con un abito semplice, ma elegante, sorrideva felice circondata dagli altri pazienti, quando un'infermiera l'andò a prendere e la portò fuori. Lei rimase stupita: una torta al cioccolato era al centro del tavolo, decorata con candele che brillavano come stelle. Anche altri pazienti furono portati a quella festa. C'era anche la sua amica Martina che ricordò a tutti che giorno importante fosse. Così tutti iniziarono a cantare "Tanti auguri". Ines si ricordò del suo compleanno e si commosse fino alle lacrime, emozionata da tanto affetto e supporto.

Dopo aver spento le candele ed espresso un desiderio, i festeggiamenti continuarono con giochi, risate e abbracci, creando un momento di condivisione che rendeva quel giorno davvero speciale. La donna si sentiva circondata da un amore sincero, mentre era più forte e più speranzosa per il futuro.

La luce di Natale

Intanto, il Natale si avvicinava e Ines osservava gli addobbi che erano stati collocati in tutte le stanze comuni, i quali infondevano calore e accoglienza, accompagnati da melodie natalizie in sottofondo. Provava una profonda nostalgia per questa ricorrenza, ricordando i tempi in cui si sentiva libera e felice, ammirando le luci dei negozi. Rifletteva sulla luce del Natale, su come potesse essere differente in quel posto.

Il significato intrinseco di quella festività era essenzialmente religioso; tutto il resto era superfluo, semplice ornamento. Molti avevano perso di vista il vero senso di quella celebrazione. Il Signore desiderava opere compiute con il cuore, e di questo la donna era profondamente consapevole e riconoscente. Pronunciò una preghiera e si fece il segno della croce. Quando giunse quel Natale, lo visse con umiltà, partecipando alla creazione di decorazioni natalizie che divennero doni per i bisognosi, e lo apprezzò ancor di più.

L'anno nuovo

Il tempo passava anche in quel posto e le rughe di Ines erano come ombre del passato, in un futuro che sperava radioso. Dimenticando i ricordi brutti in fretta e conservando solo quelli belli, con la penna sempre in mano, la donna sigillava tutti gli attimi di bellezza, dentro lo scrigno del tempo.

"Eccoti qui, con tutto il tempo che inesorabilmente hai trascorso lontano da me, e sei puntuale, mentre io con i miei buoni propositi, con i miei sogni, mi sono inoltrata lungo una strada sconosciuta. Con il tuo sorriso, mi fai credere che questa strada sia diversa, ma la verità è che il percorso che mi attende è arduo e faticoso. Talvolta, per riuscire a vedere il sole, devo arrampicarmi sui tetti. Devo dimenticare le lacrime versate e trovare la forza di andare avanti. Così, ti sorrido e scatto una foto, concedendomi un altro prezioso istante, mentre la vita scorre ardentemente tra le dita, con vampe di calore e bruciature nei punti sensibili..."

Poi, lesse e rilesse quello che aveva scritto con entusiasmo e ripiegò il foglio in due, lasciò la penna sul cuscino e accese la TV. Tra i festosi programmi, in attesa del nuovo anno, tutti quella sera sembravano felici e ansiosi di accoglierlo con balli allegri. Attese così quel magico momento.

Cercò persino di divertirsi un po', movendosi davanti allo schermo, imitando tutti i passi dei ballerini, ma si stancò molto; non ballava da una vita e con gambe doloranti crollò in un sonno pesante. L'anno nuovo era arrivato in solitudine, con tinte monocromatiche e con discrezione, tra le pareti bianche della casa di cura.

Sul monitor, immagini vive, pulsanti, variopinte, della vita reale, ma non della sua. Ines viveva degli unici colori che la vita le aveva riservato, mentre la penna, vicina al cuscino, era sempre in attesa di essere usata, per appuntare molto altro ancora.

Più grande è il sole e più calore dà

Mi auguro un anno brillante, durante il quale io possa realizzare i miei obiettivi; lo merito proprio. Tanti sono i sacrifici e tanti i sogni. I miei occhi luminosi, simili a stelle di buon auspicio, mi accompagneranno in cima al percorso accidentato della vita, per raccogliere i fiori di mille sorrisi di pace e serenità. Nemmeno in inverno, mentre il vento mi scompiglia i capelli, sentirò freddo, poiché saprò che quando il sole diventerà più grande, mi regalerà il suo calore affettuoso e confortante. Mi sporgerò dalla finestra, con cuore contento, per abbracciare gli spiragli di luce che arriveranno dal mio astro, nei giorni bui.

Questi e tanti altri pensieri positivi accompagnavano Ines.

Nei sentieri dell'anima

La donna pensava in continuazione che il vero cambiamento consistesse nel risorgere a testa alta, con garbo e delicatezza, dalle avversità e dalle difficoltà che la vita impone, per poi rifiorire, restando fedeli a se stessi. Inoltre, quando rifletteva sui grandi viaggi, Ines aveva paura di perdersi nei sentieri dell'anima inesplorati, poiché nessuno si conosce per quello che è. In quel percorso arduo, aveva timore di incontrare ansie nascoste, attacchi di panico, debolezze e stress del mal di vivere, mentre sul suo viso era stampato il solito sorriso.

Aveva paura di scoprirsi diversa. Il suo viaggio interiore doveva pur iniziare per sapere chi era, soprattutto adesso che la realtà quotidiana le stringeva forte la cinghia attorno al collo. Doveva pur incamminarsi per quelle vie oscure, per riuscire a guardare oltre e superare gli ostacoli, con forza inaudita. Così, addentrandosi lentamente in quei sentieri inesplorati, scoprì anche aspetti positivi… tesori non svelati, emozioni da abbracciare e verità da comprendere.

Passo dopo passo, si immerse in un viaggio interiore fatto di riflessioni profonde, di domande senza risposta, di antiche ferite non rimarginate, in un percorso a tratti ripido e a tratti faticoso. Affrontò con determinazione il tutto, consapevole che solo attraverso queste sfide poteva raggiungere una consapevolezza più piena di sé.

Lungo il tragitto i paesaggi che le si svelavano erano talvolta aspri e impervi, ma talvolta anche straordinariamente belli e rigeneranti. Ines li osservava con attenzione, permettendo a ogni dettaglio di imprimersi nella sua memoria, di diventare parte integrante del suo viaggio.

E mentre camminava, sentiva il battito del suo cuore amplificarsi, la sua anima espandersi, il suo spirito rinvigorirsi. Era un'esperienza profonda e trasformativa, che la stava portando verso una nuova dimensione di sé, verso una rinascita interiore. Mentre, ad alta voce, si ripeteva "non sono una pazza", ebbe una fitta allo stomaco, ma non era vera fame; del resto aveva già cenato. Era ansia da dissipare. Prese la busta dei taralli e li mangiò ad uno ad uno trangugiandoli avidamente, senza neppure accorgersene.

Brandelli di speranza

Un nuovo giorno schiudeva le ali all'orizzonte, nonostante le nuvole scure e la tanta pioggia. Ines osservava le gocce che scivolavano lungo il vetro, quasi come se raccontassero storie di resilienza e di rinascita. Ogni goccia era una lacrima versata e rappresentava una sfida superata, un ricordo di tempeste interiori che aveva affrontato e vinto. In quel momento di introspezione, si rese conto che ogni difficoltà l'aveva plasmata, rendendola più forte e più consapevole, lasciandole accesa una luce tenue, come la fiamma di una candela, un filo di speranza che non si spezzava.

In quei piccoli momenti di silenzio, il suo cuore trovava un battito sereno, mentre si celava la promessa di un nuovo sole. Luci fugaci e brandelli di speranza continuavano a guidarla, ricordandole che, anche dopo la notte più buia, l'alba è inevitabile.

Con rinnovata determinazione poi si alzò dalla sedia.

Machere e segnali di fumo

Dopo le sue tante riflessioni, spesso, era priva di idee per passare il tempo. Guardare la televisione era davvero l'ultima cosa che avrebbe voluto fare. Leggere le dava noia. Non riusciva ad essere abbastanza vigile e talvolta la vista si offuscava, forse a causa delle troppe pillole. La sua mente vagava, rifletteva fino all'ossessione, sul fatto che molte persone agiscono in base alla pura convenienza. In un mondo pieno di opportunisti e ipocriti, le persone autentiche vengono osteggiate senza misericordia. Il modo schietto e sincero di vivere delle brave persone finisce per minacciare chi indossa ogni tipo di maschera e racconta ogni tipo di bugia. L'esistenza non ruota attorno all'apparenza, agli effimeri segnali di fumo che tanto rapiscono l'attenzione dei superficiali. Ines non si lasciava influenzare, ma continuava imperterrita per la sua strada, nonostante il pessimismo e la negatività riscontrata in ogni dove. La sua mente era rivolta all'ottimismo, alla speranza ed alla consapevolezza di poter fare meglio, di poter crescere e migliorare ogni giorno.

I pessimisti

Per la sua ottica, Ines doveva stare alla larga dai pessimisti, da tutte le loro negatività. Pensava dentro di sé che i pessimisti non sono utili né a se stessi, né alla società. Sono una categoria di persone che va tenuta alla larga, poiché sono individui devastati e devastanti. Si ergono a paladini della ragione, ma in realtà finiscono per proiettare le proprie colpe e responsabilità sugli altri e lamentarsi continuamente. Attendono sempre di stare male, trascinano la loro esistenza nella melma e non si spingono mai oltre il proprio misero punto di vista. Criticano ogni cosa e non sono mai soddisfatti, cercando di rendere gli altri il loro cestino degli sfoghi. A un ottimista basta una sola giornata di sole per sorridere e contagiare gli altri con la sua positività, unendo le persone sotto una mantella di amore universale. Con questi pensieri carichi di speranza, la donna trovò la forza per affrontare la vita in modo diverso. Non voleva più pensare a nulla, perché persino la minima cosa poteva spegnere una luce nelle sue giornate. Continuò a liberare la sua mente e, sebbene si trovasse in un centro di salute mentale, era sicura di essere sana di mente, addirittura più di chi vive all'esterno, anche se con il caos in testa. Prese la sua amata penna e scrisse sulla busta della lettera un titolo in grandi caratteri. Poi scrisse un appunto conciso, ma intenso…

Per sempre...

La sua collezione di lettere era custodita con cura e frequentemente sottoposta ad attente riletture, che la lasciavano in subbuglio. Ogni lettera era come un pezzo del suo cuore, una dichiarazione d'amore intinta di speranza. Ines sapeva che il sentimento amoroso richiedeva impegno e sperava che sarebbe durato, appunto, PER SEMPRE. Ogni parola era impressa sulla pelle come un tatuaggio indelebile.

E nonostante desiderasse comprendere l'amore in tutte le sue sfumature, presto si rese conto che non c'era nulla da capire: in amore, l'unica vera chiave è dare con spontaneità, senza aspettarsi nulla in cambio. Intanto, il nuovo giorno stava volgendo al termine e la candida vestaglia a fiori di Ines si fondeva con l'oscurità della notte. Nonostante ciò, il suo sguardo brillava come le stelle in lontananza, che sembravano illuminare il cammino verso un futuro più radioso. Inarrestabile e luminoso, così come l'enigmatica bellezza del crepuscolo.

Il Buongiorno è nell'aria

Volavano allegre le foglie secche e le vedeva dalla finestra, mentre mormorava tra sé trasfigurata dal suo sentimento:

«Non farmi il solletico vento di passione, mentre mi rubi i pensieri e scompari ed io resto in balia delle mie emozioni che mi narrano parole dolci, cullandomi nei dolci sospiri del mio cuore... arriverà la notte e avrò freddo senza il tuo abbraccio che mi riscalda ai confini del mondo! Scusami, buonanotte. Vado a sognarti. Voglio darti un bacio, mentre mi sussurri all'orecchio e mi bisbigli frasi fiorite; lunga è la notte».

Come carne da macello

Frattanto Ines era attanagliata dalla ricerca del significato della vita. Faceva riflessioni profonde e pensava alla malattia mentale, che riduceva le anime a carne da macello e, nella sua folle corsa, mieteva vittime. Con occhi bendati, elargiva condanne a chi voleva, come un tarlo che rodeva, faceva male ed incuteva paura. A quel punto, in quelle condizioni, chissà se tutti avrebbero compreso il senso di quella vita.

Sarebbe bastato un soffio di vento per far traballare e per far perdere certezze, mentre quel sorriso stanco, di chi era già stanco, non riusciva a riaffiorare. Chiunque si trovasse in difficoltà doveva riprendere in mano le redini della propria vita, per ricominciare. Prima della malattia si era felici con poco, ma nessuno se ne rendeva conto. Chi si è perso, invece, ha cercato sempre di più, senza accontentarsi del poco, di un cielo sereno. E continuavano le sue riflessioni…

"…quando finirà questa violenza, che ci ha cambiati nel profondo, forse saremo persone più sagge, più consapevoli dei nostri limiti. Urleremo di gioia, canteremo vittoria, non ci faremo abbattere dai dispiaceri e dalle amarezze della vita".

L'amore non è una parola che sta chiusa dentro al cuore, ma è un verbo che sa sempre quello che vuole

Ines, alternava riflessioni profonde al pensiero amoroso, nella sua testa era un continuo risuonare: l'amore non conosce limiti e non si arrende di fronte alle difficoltà, ma agisce in silenzio; è la cosa più preziosa e meravigliosa che possiamo sperimentare nella vita, è la molla che ci spinge oltre ogni aspettativa. Contemplava l 'amore come la forza suprema dell'universo, un sentimento che infonde vita e costituisce l'unico vero motore dell'esistenza.

Senza di esso, il suono delle nostre parole non risuonerebbe, in questo momento, tra le nostre labbra.

E poi riteneva che l'amore desse un senso alla felicità e alla gioia, mentre ci invitava alla ricerca di uno scopo e di un significato nella vita. Per questo l'idea di perderlo poteva esser fonte di un dolore incommensurabile. Era chiaro che bisognava proteggere e coltivare con cura i legami con le persone amate, lavorando con impegno per preservare il fuoco della passione che unisce in un abbraccio eterno.

Ines rifletteva così sulla potente influenza dell'amore, capace di donare forza, coraggio ed entusiasmo alla nostra esistenza e al mondo che ci circonda, favorendo una rinnovata crescita interiore. Sì, l'apertura alle tematiche amorose e un atteggiamento favorevole a dare amore, può avere un'impronta benefica su ogni sfera della nostra vita, sia lavorativa che sociale. I pensieri della donna girovagavano tra le sue tante considerazioni. L'amore ci guida a scoprire il meglio di noi stessi e degli altri; grazie ad esso, siamo in grado di riconoscere le virtù in coloro che amiamo e ci impegniamo a sostenere il loro percorso di crescita e sviluppo. Inoltre, l'amore, ci regala unicità e ci aiuta a prendere consapevolezza del fatto che ciascuno di noi è stato creato per raggiungere uno scopo speciale. Tale sentimento senza alcun dubbio, dona a chiunque emozioni meravigliose che elevano gli animi verso sorgenti benefiche di appagamento.

Un nuovo giorno era ormai trascorso e Ines, grazie a quei bei pensieri, non avvertiva più alcuna tristezza; si era dissolta come per magia, mentre si sentiva abbracciata da una letizia incantata. Si guardò allo specchio e trovò stupendi i suoi occhi, irradiati di luce nuova: non erano più gonfi dal pianto. Indossò la sua morbida vestaglia rosa e si affacciò alla finestra. L'ambiente circostante le sembrava diverso, non più la tetra prigione di una clinica psichiatrica.

"Finalmente sono libera a pieno titolo. Che stupenda sensazione, tutta da vivere e da assaporare. La vita mi sorride e mi abbraccia, il mio cuore è pervaso dalla felicità." Fu il pensiero di Ines.

Libera da se stessa

Sentì dei passi attraversare il lungo corridoio dell'edificio. Con un sorriso accolse gli infermieri ed il dottore che intanto erano entrati nella sua stanza.

«Come stai Ines?» Chiese il professore e proseguì: «Oggi è un giorno importante per te. Stasera sarai dimessa. Hai dimostrato grande coraggio e sei autosufficiente. È un momento cruciale nella tua ripresa, in cui potrai finalmente tornare a casa e continuare il tuo percorso di guarigione in un ambiente familiare e rassicurante. Durante il tuo ricovero, il team medico ha lavorato instancabilmente per assicurarsi che tu fossi pronta a lasciare l'ospedale in condizioni stabili e con tutte le indicazioni necessarie per il tuo ulteriore trattamento. Ora è importante che tu mostri il tuo impegno nel seguire le prescrizioni e i nostri consigli, in modo da consolidare i progressi raggiunti. Ti suggeriamo di programmare un appuntamento di controllo con il tuo medico curante nei prossimi giorni, in modo da valutare insieme a lui l'evoluzione del tuo stato di salute e pianificare eventuali terapie. Siamo certi che, con il tuo impegno e il supporto dei tuoi cari, sarai in grado di superare brillantemente questa ultima tappa del tuo percorso di cura. Ti auguriamo quindi una serena e proficua convalescenza a casa». La donna sentì un brivido lungo la schiena.

Quella felicità che tanto attendeva, finalmente era giunta.

Con le tasche piene di fiori

Ines non ricordava se avesse avuto dei soldi da parte e adesso che doveva uscire dalla clinica, non sapeva come fare. Lei non aveva mai dato importanza al denaro, ma aveva dato sempre importanza alle persone. Ciò che contava davvero erano i legami umani, il tempo trascorso insieme e il supporto reciproco. Era pienamente convinta che il denaro fosse solo uno strumento, non il fine ultimo. Ciò che davvero la realizzava erano i momenti condivisi con amici e familiari, le conversazioni profonde, l'aiuto concreto nei momenti di bisogno. Per lei, la ricchezza più grande risiedeva nell'essere circondata da persone care che la supportavano e con cui poteva condividere gioie e dolori.

Un tempo, questo atteggiamento di Ines era apprezzato da chi la conosceva in paese. Dimostrava una saggezza e una maturità che andavano ben oltre il semplice accumulo di beni materiali. La sua generosità d'animo e la sua capacità di dare valore alle relazioni umane la rendevano una persona ammirata e rispettata nella sua cerchia sociale.

E lei non era cambiata per niente; una volta fuori dalla clinica, avrebbe continuato a riempire le sue tasche di fiori.

Un nuovo giorno

Ines era incredula; il suo volto aveva una nuova luce, era gioiosa. Aprì l'armadio e guardò la sua elegantissima valigia nera, accantonata in un angolo. Prese i suoi preziosi abiti, uno per volta, e con cura li sistemò nella valigia. Decise di lasciare fuori solo un vestito a fiori bianchi e blu, quello che indossava quando era entrata. Lo avrebbe messo anche per uscire dalle mura di quella stanza, pronta a intraprendere una nuova vita e lasciarsi alle spalle il passato.

A mezzogiorno in punto, la donna deglutì con fretta e ansia tutto ciò che le fu portato. Dopo aprì il comodino e prese tutte le lettere gelosamente custodite, sistemandole con cura in valigia tra gli indumenti, impaziente di poter uscire da quel posto per malattie mentali. Continuava a scrutare l'orologio, lamentando il lento scorrere del tempo. Infine il fatidico momento giunse: ebbe i documenti completi per le sue dimissioni. Era pronta ad attraversare il portone gelido dell'edificio. Udì il suono del clacson dell'automobile che era venuta a prenderla e si precipitò fuori. Il sole, con i suoi raggi fluenti, le solleticò il naso, mentre salì a bordo. Non vedeva l'ora di arrivare a casa e durante il tragitto ammirò le bellezze del paesaggio. Era impaziente di respirare quell'aria familiare che tanto le era mancata.

Sconvolta dalla felicità di essersi finalmente riappropriata della sua vita, fu contenta di tornare nel suo bel paese. Quando giunse, faticosamente a casa sua, era frastornata, ma felice; il cuore le batteva forte e non riusciva ancora a credere che tutto fosse finito. Mentre apriva la porta, essa scricchiolò, da tanto tempo non veniva aperta e Ines lo prese come un caro saluto.

Non appena mise piede nell'ingresso, notò che qualcosa bloccava la porta dall'interno. Stupita, dando un'occhiata circospetta, notò delle lettere. Pensò per un attimo a chi mai avrebbe potuto scriverle e curiosa le raccolse. A passo cauto, andò in cucina. Tutto era esattamente come l'aveva lasciato, privo di disordine. Fece un lungo respiro di sollievo.

Un dono inaspettato

Subito percepì un'armoniosa fragranza che la rapì; era emanata proprio dalle lettere. Ines, comprensibilmente affascinata, con uno stato d'animo intriso di sorpresa ed allegria, prese una lettera e, prima sbalordita e poi compiaciuta, lesse quello che non si sarebbe mai aspettata di leggere anche se, poterlo fare, era il suo sogno.

"Buona sera, amore. Spero che leggerai questa lettera piena d'amore. Ti ho pensata sempre, mentre eri rinchiusa nelle mura di quel brutto luogo. Il silenzio che segue alle mie parole mi lacera il cuore. Ricordo la tua voce, le tue brevi pause e il tuo sorriso, a malapena represso, che raggiunge gli occhi.

Più che la voce, è la tua capacità di trasmettere emozioni che mi sconvolge. Quando penso alle tue labbra morbide e sensuali, la mia mente cede alla tentazione, il mio cuore batte forte e il respiro si fa affannoso. È un'esperienza che mi riporta ai tempi dell'innocenza, dell'incanto e dell'amore giovanile. Solo con te posso trovare la felicità completa, solo con te il mio cuore è a casa. Ti amo più dei beni materiali, come un uccellino fragile che devo custodire e proteggere. Tu sei la mia vita, il mio cuore, la mia anima. Senza di te, il mondo perde tutto il suo significato..."

Ines era un tumulto di emozioni. La lettera e le parole pregevoli, delicate e romantiche, scritte con cura e con amore, riempirono il suo cuore di gioia. Fu un momento di pura bellezza, così intenso che le sembrava quasi irreale.

Era incerta e dubbiosa sull'identità dell'autore di quelle missive, ma nonostante le sue perplessità, una gioia ineffabile le pervase l'animo. Il solo pensiero che qualcuno avesse tanta gentilezza nei suoi confronti la circondava di un'aura di letizia.

Ines si sentì come se stesse vivendo in un sogno; tutto le appariva troppo bello per essere vero, tanto che, per un attimo, la sfiorò il pensiero che il suo stato d'animo fosse ancora instabile. Temeva di non essere ancora guarita e di dover tornare in clinica. Si recò in soggiorno e si distese sul comodo divano per rilassarsi. Le troppe emozioni l'avevano un po' spossata ed aveva bisogno di svago per mettere ordine nei suoi pensieri. La sua attenzione fu catturata dal tavolo dove giacevano la tavolozza di colori e una tela sulla quale aveva dipinto qualche tempo prima.

Riflettendo su tutto ciò che le stava accadendo, si sentì ispirata a creare un quadro che rappresentasse appieno l'amore: ogni colore sarebbe stato scelto con consapevolezza per creare un'esperienza emozionante e indimenticabile. Perché l'amore, dopo tutto, è la sostanza vitale. Si avvicinò con grazia alla finestra, portando con sé la tavolozza dei colori. Posò delicatamente lo sgabello, aprendo le ante nel loro splendore.

Una bellissima giornata si era svelata dinanzi a lei, e la sensazione di libertà le sembrava stranamente nuova e invincibile, dopo essere stata rinchiusa per così tanto tempo nella sua prigione. Con una determinazione palpabile, Ines si preparò per dipingere l'amore in tutte le sue sfumature. La sua mano iniziò a tracciare le prime linee, con una precisione elegante e armoniosa. Il sentimento che voleva immortalare era così potente e straordinario, che la sua mano danzava sullo spazio bianco della tela, quasi guidata da una forza superiore. E così, sotto i suoi occhi meravigliati, un quadro stupendo prese forma e si rivelò.

Piena di entusiasmo, Ines era sempre più convinta che l'amore possa compiere grandi opere, purché si desideri realmente. Nulla, oltre all'amore, ha il potere di muovere le acque e costruire ponti. Un amore che le infondeva un profondo senso di piacere, inebriando l'anima e irradiando di gioia il cuore. Desiderava solo gioire dell'amore. Era quello a cui ambiva più di ogni altra cosa.

Posò lo sguardo sul tavolo e contemplò le lettere che aveva trovato sotto la soglia. Si sentì mossa dall'irrefrenabile desiderio di immergersi nuovamente nella lettura. La sua curiosità era eccessiva, tanto da bramare ardentemente di conoscere l'identità del mittente. Così ne prese un'altra, l'aprì, e la lesse, restando sbalordita e piena di gioia da quello che c'era scritto…

"…Ti amo è una parola insufficiente, poiché, anche se si ripetesse all'infinito, non sarebbe mai abbastanza per comunicare appieno il mio affetto e dimostrarti la sua intensità. Semplicemente affermare che sei importante non è sufficiente. Dichiarare che sei il mio sole potrebbe sembrare potente e significativo, ma non lo è, poiché il sole muore e

rinasce ogni mattina, mentre il mio sentimento è nato e risie-
de sempre in me...

Adesso più che mai ho bisogno di te come l'oceano ha bi-
sogno sempre di acqua.

Per sempre e solo tuo..."

Dopo una dichiarazione d'amore così autentica, Ines si lasciò trasportare dalla fantasia riguardo a quell'amore che
aveva sempre sperato di vivere. Desiderava conoscere l'identità del mittente misterioso, immaginando che potesse essere
una persona splendida, dotata di nobili sentimenti. Si augurò
che potesse incontrarlo al più presto per sentirsi finalmente
abbracciata dal suo calore, dal suo sole, che avrebbe sicuramente sciolto tutto il gelo in cui l'inverno aveva avvolto la
sua anima.

Guardò l'altra lettera rimasta sul tavolo, l'ultima da leggere. Pensò che doveva leggere anche quella.

La prese tra le mani e, sedendosi sul divano, l'aprì con tutta la sua curiosità; sentiva quel profumo che trasudava amore
e iniziò a leggere, piano piano, per non perdere l'importanza
di nessuna parola.

La violenza sulle donne

"*Amore mio,*
durante tutto questo tempo sono stato al tuo fianco, mentre eri confinata in clinica.

Ti sentivo soffocare e riflettevo sulle difficoltà che hai affrontato. Ti ero vicino, stringendoti amorevolmente al mio cuore. In questo mondo caotico in cui viviamo, dove gli uomini come me si rincorrono, affannati, per conquistare una donna, dicendo di amarla, indossando maschere sul volto e poi trattandola male. Tutti i giorni, si sentono storie di ogni tipo, compresi gli orribili casi di violenza contro il genere femminile. Queste situazioni mi fanno soffrire e mi portano a nutrire una certa diffidenza verso l'umanità. Una donna dovrebbe essere amata ogni giorno, come qualcosa di meraviglioso. Eppure là fuori esistono individui malvagi e le notizie televisive sono dominate da cattivi annunci. Le mie notti sono agitate dal pensiero che qualcuno possa farti del male quando esci di casa. Desidererei incontrarti, desidererei essere sempre al tuo fianco, proteggerti da ogni male in questo vasto universo e prendermi cura del tuo prezioso cuore, perché è ciò che dà senso alla mia vita. Sapendo che un giorno uscirai, mi sto preparando per venirti finalmente incontro. Affinché il mio sorriso, il mio amore, possano raggiungerti e tenerti compagnia.

Ti amo e ti aspetto sempre qui, nel mio cuore. Ciao.”

Dopo aver letto quelle splendide parole, Ines era estasiata, pervasa dalla gioia e si domandava se tutto ciò stesse veramente accadendo a lei. Saltellava gioiosamente per la cucina e, nonostante il lungo viaggio di ritorno, non era per niente stanca. Nutrita dalla sola felicità, andò a dormire in balia dei suoi pensieri più belli e dei suoi desideri più intimi. La mattina seguente si organizzò per un giro in città: desiderava sperimentare la vita che l'aspettava fuori, osservare con attenzione le vetrine, voleva concedersi un gelato squisito e sentire il vento carezzarle dolcemente i capelli. Tutto questo pensare positivo la spronò e la caricò di energia. Ines era pronta per uscire…

Indossò l'elegante abito che riposava da molto tempo nell'armadio, calzò le scintillanti scarpe e adornò i suoi capelli con un fiore delicato che si armonizzava perfettamente con l'abito. Poi applicò il suo rossetto preferito sulle labbra senza fare sbavature; voleva essere impeccabile, perfetta. Osservando la sua immagine riflessa allo specchio, vide una bellezza eterea e un'anima magnifica che risplendeva attraverso la sua figura. In quel momento fu fiera di sé, consapevole di meritare una vita migliore, una vita straordinaria. Il suo viso si illuminò, rivelando un sorriso che non era mai svanito e due occhi bellissimi, risplendenti di gioia.

Ines si preparò per uscire. Voleva andare in città, lontano dal suo solito paesello che non poteva offrirle negozi di ogni genere. Desiderava gustare appieno ogni istante di quella sorprendente libertà; così si diresse a prendere il pullman che l'avrebbe portata lontano. Si sentiva come una farfalla in volo. Con un gesto deciso aprì la porta e si avviò con passo veloce, consapevole che fuori l'attendeva il mondo.

In fretta si avviò per ammirare le stupefacenti vetrine dei negozi, desiderando compiere anche degli acquisti per rinnovare il suo guardaroba ormai desueto, antiquato.

Ines voleva cambiare completamente la sua persona, aspirando a diventare finalmente una nuova donna. Voleva lasciarsi il passato alle spalle, dimenticando tutto il brutto per riscoprire un mondo che sembrava aver dimenticato. Ogni passo che faceva, ogni respiro che prendeva, la riempiva di una nuova forza. Le strade, un tempo familiari, ora apparivano piene di possibilità, colorate da una luce che non aveva mai notato prima.

Con il cuore che batteva forte ed il passo spedito, si avventurò verso il parco, dove i bambini giocavano e le risate risuonavano nell'aria. Si sentiva viva, come se ogni suono fosse una melodia che la invitava a unirsi al coro della vita.

Decise di sedersi su una panchina, osservando gli altri e assaporando il momento. Era come se il suo passato, con tutte le sue ombre, si fosse dissolto in un sorriso. Si rese conto di essere una persona nuova, capì che tutti possono cambiare e che la felicità non è solo un'illusione, ma una scelta da fare ogni giorno.

Contenta, si alzò per andare a visitare i negozi lungo il corso della città. Mentre osservava con ammirazione le affascinanti vetrine, si rese conto di essere seguita. Decise di fermarsi in un angolo e scrutò attentamente l'elegante uomo:

sembrava un adone che la osservava da lontano, con insistenza.

In quel momento capì che quel giovane avvenente aveva un particolare interesse nei suoi confronti. Nonostante gli ammonimenti, per quello che accadeva o poteva accadere, non aveva alcuna paura; anzi, era curiosa di comprendere fin dove quell'uomo potesse arrivare.

Infine, affaticata dal suo peregrinare, giunta all'incrocio del viale, scorse un bar molto raffinato; vi si diresse e si accomodò al tavolo con l'intenzione di ordinare una bevanda fresca.

Vento di passione

Quel locale era molto accogliente ed intimo e mentre era impegnata a esplorarlo, udì che qualcuno la chiamava per nome. Si voltò lesta e si trovò di fronte al giovane affascinante che l'aveva seguita e che ora le stava facendo un caloroso saluto.

«Salve, come stai? Finalmente ti ho trovata. Io sono Ettore, un tuo ammiratore segreto. Ti ho guardata sempre da lontano, ammaliato dalla tua bellissima persona. Poi, per un periodo, non ti ho più vista e non sapevo cosa fosse successo. Mi chiedevo che fine avessi fatto. E ora eccoti qui, come per miracolo! Per molti mesi ti ho scritto delle lettere che ho infilato sotto la porta di casa tua!»

Ines rimase esterrefatta. Non sapeva che dire. Si lasciò consolare da quelle parole e dal sorriso che le portava tanto calore al cuore, da quel vento di passione che le accarezzava la pelle.

Finalmente erano state date le risposte a tutte le sue domande e tutto ciò che aveva sempre cercato era servito su un vassoio d'argento. Si chiedeva se quello che le stava succedendo fosse reale o se stava solamente sognando.

Ogni istante sembrava sospeso, come se il tempo stesso si fosse fermato per permetterle di assaporare la dolcezza di quel momento, mentre i raggi del sole sembravano riflettere attraverso gli alberi le sue emozioni, in un gioco di colori. Con un sospiro profondo chiuse gli occhi, lasciandosi avvolgere da quella sensazione di libertà e di amore. Non c'era nulla di più bello che sentirsi viva, e in quel preciso istante, con lui accanto, ogni paura si dissolveva.

"Adesso resta con me," pensava, con palpiti di desiderio e speranza. Era un invito silenzioso di un futuro che desiderava ardentemente. E lui, con uno sguardo che parlava più di mille parole, si avvicinò, afferrando dolcemente la sua mano, come se volesse prometterle che non l'avrebbe mai lasciata andare.

Cuori intrecciati

Intanto Ettore la fissava. Poi si fece più vicino e le disse all'orecchio: «Allora che mi dici… mi posso sedere qui? Va bene per te?» continuò il giovane. Ines, stranita, acconsentì con un cenno, con il viso contornato da un sorriso; non aspettava altro. Un brivido caldo le attraversò la schiena, mentre degli occhi incantevoli la contemplavano costantemente. Non si sentiva affatto oppressa, anzi, provava l'opposto; era avvolta da un'ebbrezza totale, da una sensazione che Ines non sperimentava da molto tempo.

Le lacrime di gioia erano pronte a scorrere, ma le trattenne con dolcezza. Ettore la guardava e sorrideva, poi le chiese: «Tutto a posto? Stai bene?»

«Certo che sì!» rispose lei con gioia. Un leggero rossore colorò le sue guance, incapace di trattenere il pathos che la invadeva. Nell'attesa Ettore la prese dolcemente per mano, fissandola intensamente. Ines avvertiva un turbine di emozioni, ma allo stesso tempo si sentiva protetta e amata con tutto il cuore, come mai prima di allora.

Ettore la fissava ininterrottamente e, con gentilezza, le rivolse la parola. «Posso permettermi di fare una domanda?» lei rispose con un sorriso: «Certamente, anche due!»

Così il giovane le propose di incontrarsi il giorno successivo e Ines accettò con una gioia incommensurabile.

Si salutarono con un bacio sulla guancia e lei sentì un fuoco rovente che attraversava tutto il corpo.
Era così contenta che non voleva più nascondere il suo sentimento. Quando fece ritorno nel suo paesello, voleva gridare al mondo intero il suo amore.

Sulle ali dell'amore

L'indomani Ines era raggiante e non vedeva l'ora di incontrare Ettore, ma il tempo sembrava non passare. Prese le lettere che aveva scritto nella clinica e le mise sul tavolo, le rilesse ad una ad una, con cuore gioioso. Il giorno seguente le voleva consegnare, finalmente, al destinatario.

Non faceva altro che pensare a come sarebbe stata la cena con l'amore della sua vita, perché ormai, quell'uomo, era l'amore della sua vita! Lo sentiva e ne era certa. Anche se era apparso come in un sogno. A volte le cose belle sembrano irreali, irraggiungibili, eppure, Ines, aveva tagliato il traguardo della felicità. Ettore era il suo sogno realizzato ed era bellissimo, era proprio come lo aveva immaginato.
La sera calò silenziosa, mentre l'orologio scandiva le diciannove. Ines si avvicinò all'armadio, teso a nascondere il suo tesoro più prezioso: era una maniaca della bellezza e dell'abbinamento dei colori e per lei gli abiti avevano una certa importanza; dovevano essere scelti ed indossati con classe e vestirsi era quasi un culto. Con desiderio, scrutò attentamente tra gli abiti appesi, in cerca del capo che le avrebbe conferito una presenza impeccabile per quella serata importante. Alla fine lo trovò, lo indossò e si guardò allo specchio per scrutare ogni minimo particolare e valutarne la vestibilità; voleva

essere bella e perfetta. Minuziosamente, tracciò sottili segni sui suoi occhi con la matita, poi mise l 'ombretto, il mascara e infine il rossetto, impreziosendo ed esaltando ogni piccolo dettaglio del suo bel viso, senza trascurane alcuno. Infine, pettinò con cura i suoi capelli e si sedette ad attendere l'arrivo di Ettore, brillando di gioia e vitalità.

Poco dopo, udì il tintinnio del campanello. Si affrettò ad aprire la porta. La coppia si scambiò profondi sguardi e dolci sorrisi. «Eccomi pronta!» sussurrò lei. Giunti all'auto, Ettore, da perfetto gentleman, aprì la portiera per farla salire a bordo. Si diressero verso il ristorante che il giovane aveva prenotato. Durante il tragitto, Ines, dolcemente turbata, arrossiva ad ogni parola che le veniva indirizzata. L'emozione che provava era così grande che non riusciva a contenerla, temeva di esplodere. Poi giunsero alla deliziosa locanda, dove degustarono il meglio della cucina tradizionale: le pietanze furono presentate con impeccabile tempismo e i piatti erano abilmente preparati, deliziando il palato di entrambi.

Ines non aveva mai assaporato un pasto così sublime, né si era mai sentita così appagata… mentre i suoi occhi incontravano quelli del suo amato e il cuore palpitava forte, prese le lettere che aveva messo in borsa e le diede all'uomo. Sembrava che conoscesse Ettore da sempre, da quando aveva iniziato a scrivere per lui. Poi, fissandolo dritto, negli occhi disse che anche lei aveva scritto lettere d' amore.

Un'accogliente empatia avvolse entrambi. Presto ogni disagio si frantumò. Non si era mai sentita così tanto in sintonia con un uomo e per lui fu lo stesso. Dopo quella incantevole cena, tenendosi per mano, decisero di fare una sosta in un albergo lì vicino per trascorrere finalmente la notte insieme; un desiderio condiviso da entrambi.

Non aspettavano altro. La trepidante attesa era giunta alla fine. Finalmente potevano lasciarsi avvinghiare da quell'amore che li lasciava senza fiato.

I loro sussurri rendevano giustizia all'intensità dei sentimenti che ciascuno serbava dentro di sé. Non erano soltanto effusioni di passione, ma vere e proprie confessioni d'amore che si svelavano attraverso baci appassionati e carezze delicate. In quei momenti, un fuoco divino si scatenava e incendiava ogni lembo della pelle.

Per Ines, fu un'esperienza senza precedenti; si abbandonò completamente a un sentimento così potente. I suoi occhi sfavillavano di una nuova luce, che rifletteva la trasformazione interiore che stava vivendo. Ettore, con i suoi avvolgenti abbracci, le regalava un tocco di calore che invadeva ogni centimetro del suo corpo, portandola a un'estasi che si manifestava attraverso i suoi rapidi e affannosi respiri e sospiri di beatitudine. Così esclamò Ines: «Desidero trascorrere ogni istante al tuo fianco, stringimi ancor più forte. Vorrei che questa notte fosse l'eternità, amore mio».

Ettore l'avvolse tra le sue braccia e la trattenne teneramente, sospirando parole affettuose al suo orecchio: «Noi, per sempre, siamo un solo corpo, una sola anima. Adesso che ci siamo ritrovati, destinati a condividere ogni istante, nessuna forza potrà mai separarci». Ines si sentì al sicuro tra le sue braccia e così rimasero fino al mattino.

«Buongiorno, cosa gradiresti per colazione?» domandò Ettore a Ines. Il tempo sembrava volare. I raggi del sole battevano energicamente sui vetri; erano già le dieci del mattino. Ines optò per un caffè e un cornetto, e anche Ettore prese le stesse cose.

Si godettero la colazione senza distogliere lo sguardo, occhi negli occhi, come due anime che si riconoscono.

Poi si affrettarono a lasciare l'albergo. Era giunto il momento in cui ognuno di loro doveva fare ritorno alla propria dimora. Prima di lasciare la stanza, si lasciarono andare a un bacio appassionato, così intenso da mozzare il fiato che andò a suggellare quei meravigliosi momenti vissuti insieme.

Intanto si diedero appuntamento per un altro incontro.

Un nuovo capitolo

Il pomeriggio Ines lo trascorse immersa nei pensieri che riguardavano Ettore, desiderosa di condividere ancora i preziosi momenti passati insieme. Si sentiva colmata da quell'amore che si rafforzava nel profondo del suo cuore, giorno dopo giorno.

Era pervasa da una gioia incontenibile, immensa, un luminoso splendore che fuoriusciva da ogni poro della sua pelle. L'ora fatidica era giunta: il campanello echeggiò nel silenzio. Ettore, che era giunto in perfetto orario, venne accolto con gioia.

Ines affrettò il passo, afferrò la borsa e richiuse la porta dietro di sé, come se quel gesto segnasse la fine di un capitolo e l'inizio di un altro.

Finalmente insieme si diressero al ristorante di un paese lì vicino, dove avrebbero cenato a lume di candela, immersi in un'atmosfera soft, ricca di dettagli rossi.

Un servizio impeccabile lì mise a proprio agio e la cena era deliziosa. Ines non aveva mai mangiato piatti così buoni, cucinati in modo sublime.

L'arredamento di quell'ambiente faceva da cornice e gli accendeva i sensi; non vedeva l'ora di cullarsi negli abbracci di Ettore. E così, dopo la cena, passarono la notte nella suite adiacente.

Furono baci appassionati e furono carezze del cuore.

Ines sentiva tutto l'amore che infiammava e dava calore. Passarono una notte bellissima. Quando la mattina ritornò a casa non poteva contenersi dalla gioia. Ettore doveva andare al lavoro e lei aveva tutto il tempo per pensare a quelle notti passate insieme.

La brutta notizia

Il sole batteva forte sulle finestre, tanto che sembrava estate, ma per Ines il tempo si era fermato alla sera precedente. Era sognante e canticchiava la sua canzone preferita, mentre sbrigava le sue faccende. Ad un tratto suonarono alla porta, andò ad aprire e vide due uomini dell'arma, in divisa. Uno dei due si rivolse a lei con tono serioso: «Signora, abbiamo trovato il suo numero di telefono nella tasca di un signore che ha avuto un incidente e, non conoscendo altri familiari, stiamo cercando di avvisare lei, intanto».

Ines capì subito che l'incidente era stato gravissimo; l'uomo aveva una faccia troppo seria e triste. Infatti, quando chiese conferma se fosse accaduto qualcosa di irreparabile, il graduato annuì tristemente, senza quasi dire parola.

Ines si sentì mancare. Non voleva credere a quella brutta notizia. "Forse si sono sbagliati," fu il suo primo pensiero, ma poi, quando le fecero vedere i documenti e il biglietto con la sua grafia, non ebbe dubbi. Il suo Ettore era volato in cielo.

Esplose in un pianto a dirotto che non riuscì a contenere... Come se fosse stata freddata con un coltello, una lama tagliente, ormai niente sarebbe stato come prima.

Ettore non c'era più e lei era nuovamente precipitata nel baratro della solitudine, con un dolore che la faceva impazzire. Il cuore era piombato a terra, nel buio profondo. Voleva indossare abiti scuri: altri colori non esistevano più. Tutto il nero di quella sofferenza, della desolazione più totale, voleva fosse manifesto.

L'indomani ci sarebbero stati i funerali, lei voleva esserci. Ettore viveva nella città dove si erano incontrati la prima volta, ma Ines non conosceva le consuetudini funebri cittadine: il giorno successivo si fece accompagnare alla camera ardente; qui chiunque volesse rendere omaggio al defunto, poteva farlo apponendo la propria firma in un registro commemorativo. Poi ci fu la cerimonia in chiesa.

Non conosceva nessuno dei presenti e, a dire il vero, c'era poca gente: forse colleghi di lavoro, forse amici. Si chiese se Ettore aveva parlato di lei a qualcuno di loro. C'era un silenzio sacrale in quella chiesa. La cerimonia religiosa giunse al termine e arrivò il momento più doloroso: si avviarono al cimitero per la sepoltura.

Piangeva sommessamente, quasi non riusciva più a mantenersi sulle gambe; ad un certo punto le sentì cedere e qualcuno l'afferrò. Quando si risvegliò, ormai Ettore era stato sepolto, ma non nei suoi ricordi; riaffioravano infatti, con prepotenza, i bei giorni passati insieme, come a scuoterla dal tunnel della tristezza.

Si fece coraggio e, tornata nel suo piccolo borgo, respirò l'aria fresca, per rincuorarsi. Traeva la forza dalla sua scorza, che ormai era diventata dura per via di tutto quello che aveva vissuto. Non sapeva ancora se, anche questa volta, avrebbe superato il colpo, ma affondando le radici nella propria terra - quella dove era nata e cresciuta, tra tradizioni e storie di un popolo fiero - trovò la forza di affrontare la vita, anche ora che il lutto le aveva lasciato nel cuore una profonda solitudine.

Così passò anche quel brutto giorno. Doveva andare avanti ad ogni costo.

Poi passarono altri giorni…

In un giardino incantato

Ines si alzò presto dal letto ed aveva una sensazione strana che la pervadeva; non sapeva cos'era, ma aveva sete. Prese una bottiglia di acqua e bevve avidamente.

Si guardò allo specchio e si vide strana; il viso era un po' gonfio, anzi, a dirla tutta, si sentiva gonfia come una palla. Quel mese non le erano arrivate le mestruazioni; quindi ritenne di fare dei controlli. Aveva pensato ad un ritardo legato al trauma subito, ma forse non era così. I giorni trascorrevano smorti e senza entusiasmo. Prenotò una visita ginecologica, non sapendo che il destino aveva in serbo per lei ancora delle sorprese.

Dopo la visita, come consuetudine, il dottore eseguì vari controlli e, facendo l'ecografia, con entusiasmo, le comunicò: «Complimenti signora! Presto diventerà mamma!» Ines, inizialmente sorpresa, fu presto sopraffatta da una gioia incontenibile. Era felicissima: quello era il filo invisibile che la legava al suo Ettore.

L'intensità del suo sentimento era palpabile, era energia che la sosteneva e la spingeva sempre più avanti, alimentando ogni suo pensiero e azione. Quel pieno di emozioni potenti, con rinnovata frenesia, le irradiava una luce interiore che illuminava la sua esistenza. Il tempo intesseva una trama di connessioni profonde che legavano il suo cuore, per sempre, a tutto ciò che scaturiva da quell'amore. Erano ancora davanti ai suoi occhi tutti gli istanti trascorsi insieme, tutti gli sguardi complici; talvolta si sentiva sfiorata da Ettore, ed era sicura che le stesse vicino.

Era come se i loro animi si fossero fusi, creando un'unità indissolubile. La gratitudine ed una gioia intensa le donavano una rinnovata forza con la quale affrontare ogni sfida e costruire il futuro.

Quell'amore era diventato il centro del suo universo, una luce che guidava i suoi passi, la sorgente di una serenità profonda che le regalava un senso di pienezza e che cresceva: cresceva, in lei, ogni giorno di più, come un fiore.

Al chiaror di luna

Ogni sera la Luna vegliava su di lei e, di tanto in tanto, Ines avviava delle intense conversazioni con essa; quella sera, mentre le parlava, le venne voglia di scrivere ad Ettore per l'ennesima e ultima volta.

Così prese carta e penna. Le mani le tremavano per l'emozione. Questa sarebbe stata la sua ultima lettera d'amore. Ripensò a tutti i momenti che avevano vissuto insieme e al loro amore travolgente e appassionato che sembrava aver sfidato tutte le avversità della vita e, dopo quello che era successo, era giunto il momento di mettere un punto. Con il cuore in gola, Ines iniziò a scrivere; le parole fluivano spontanee, come sempre. Raccontò di quanto lo avesse amato, di come la sua mancanza l'avesse fatta soffrire ogni giorno. Ma ormai era giunto il momento di lasciarsi il passato alle spalle e guardare avanti, di cercare la serenità. La lettera era lunga, carica di emozioni contrastanti: rimpianto, amore, speranza…

"Caro amore mio, mi manchi immensamente, non ero preparata alla tua dipartita, ricordo i nostri momenti… unici. Ogni giorno è una dura lotta andare avanti senza di te e la mia vita è vuota e senza senso. Eppure so che dovrò trovare la forza di farlo, per onorare la memoria del nostro amore.

Spero che tu sia, possa sentire il mio cuore in pena.

Rimpiango tutto quello che non abbiamo potuto vivere insieme. Ho solo questo germoglio che sta crescendo in me: una piccola scintilla di vita che ricorda il nostro trascorso; nostro figlio sarà il legame eterno.

Per sempre tua, mio dolce angelo."

Ines lesse e rilesse il testo, consapevole che quelle parole avrebbero messo la sua anima in pace. Con un sospiro, piegò la lettera e la infilò in una busta, poi la conservò gelosamente insieme a tutte le altre lettere, per farle leggere, in futuro, al frutto di quell'amore che portava in grembo.

Epilogo
Soffioni nella valle d'Ansanto

Ines era immersa in un pieno di emozioni. Quel giorno il borgo sulla collina era pittoresco, baciato dai delicati raggi solari che diffondevano calore ovunque, dando forza e sostentamento agli abitanti. La donna si incamminò verso l'enorme piazza del suo incantevole paese, dove si ergeva imponente il grande muraglione di pietra. Era lì che si stava dirigendo per godere appieno della magnificenza del panorama che dominava la valle di Ansanto.

Da lì, lo sguardo spaziava su tutti i paesi circostanti, offrendo una vista mozzafiato. Mentre respirava profondamente, percepì il caratteristico profumo di zolfo proveniente dalla Mefite, una zona attraversata da sorgenti di acqua solfurea, non lontano dalle rinomate terme di S. Teodoro del suo paese. Quell'odore la trascinò tra le fatiche dei suoi avi, nei campi, lungo il fiume Fredane e accanto al mulino ad acqua. Poi, magicamente, tornò al presente, nei luoghi del cuore, tra la sua gente, tra i suoi amici che l'aspettavano, impazienti, per ridere e scherzare insieme, là dove il tempo si era fermato: alle tante risate, alle feste in piazza, alle passeggiate, al profumo del caffè dei bar, dove i suoi sogni prendevano vita poco a poco, su quelle stradine lastricate di pietra che raccontavano storie lontane. A tutti quei pensieri, un sorriso le illuminò il volto.

Mentre il sole calava lentamente dietro la collina, colorando il cielo di sfumature arancioni e rosa, in un silenzio ipnotico e suggestivo, Ines si sentì pervasa da una profonda gratitudine per la bellezza della vita e per l'amicizia sincera che la circondava; amicizia donatale da quelle poche persone che erano rimaste nel suo paese.

Come tutti i piccoli borghi, anche il suo si stava spopolando a causa della mancanza di lavoro: tanti erano emigrati.

Sapendo di poter sempre contare sugli amici che non erano andati via e sul calore della sua comunità, si sentì in pace con se stessa e con il mondo intero, mentre respirava l'aria pulita, mentre era appagata.

Così, Ines era pervasa da una gioia incontenibile, con il suo amore che risuonava potente e forte da ogni parte: dai suoi ricordi, dal suo presente, sussurrandole parole dolci, come una fonte inesauribile che la dissetava e che l'aveva guarita. Ormai, era in grado di resistere ad ogni avversità, anche nel suo stato interessante; terreno fertile per le chiacchiere e i pettegolezzi delle malelingue annoiate, che erano solite additare e criticare le ragazze madri. Ora poteva affrontare qualsiasi sfida, qualsiasi avversità, mentre il futuro le sorrideva con prepotenza. Si delineava il suo prossimo quadro, abbozzato sulle meraviglie della sua terra, da dipingere con colori nuovi, mentre i soffioni si alzavano tra le farfalle e le lucciole, in quella immensa valle che guardava dal muraglione, tra prati verdi schizzati di giallo, nei campi arati, in filari di viti, tra il sapore di miele e tra le api, di fiore in fiore.

Così ogni giorno, Ines, in quel cielo così limpido che riusciva a sfiorare con una mano, rinnovava tutte le sue speranze. Fino a sera, grata al miracolo della vita e dell'amore si riempiva di lacrime di gioia. E quando, finalmente, ricevette il tanto desiderato dono di un figlio, i giorni passarono sereni.

Mentre lo cresceva amorevolmente, il sole era sempre accanto, lì, sulla collina, che sorrideva.

Ringraziamenti

Desidero esprimere la mia sincera gratitudine a tutti coloro che hanno reso possibile la realizzazione di questo libro: i miei ringraziamenti vanno al mio editore Aurea Nox, nello specifico a Grazia Velvet Capone e alla sua collaboratrice Franca Canitella per il suo prezioso supporto.

Maria Caputo – Note biografiche

Poetessa, scrittrice e autrice di canzoni, ha all'attivo numerose collaborazioni significative. Nata a Villamaina, un piccolo paese in provincia di Avellino, in Campania, ha coltivato la passione per la scrittura sin dall'adolescenza, nutrendo da sempre il desiderio di esprimere il suo mondo interiore attraverso le parole.

Ha pubblicato tre sillogi di poesia:

- *Sprazzi*
- *Tsunami*
- *Note di poesia*

Sommario

IL PROGETTO ETICO DI AUREA NOX

AUREA NOX è un progetto etico collettivo nato in rete nel Maggio 2021 da un'idea di Grazia Velvet Capone che ha ideato e realizzato anche tutte le elaborazioni grafiche. Il nostro comune Ispiratore è stato ed è Franco Battiato, musicista e maestro. Le energie creative del gruppo confluiscono nella collana-esperimento evolutivo chiamata **AVALON - Terra Sacra**: un luogo letterario dove gli autori si confrontano con un tema comune. È nata così l'idea di creare una pubblicazione ritmica, legata alla ruota dell'anno, adatta a tramandare forme-pensiero di profonda e assoluta ricerca evolutiva. Una virtuale unione di intenti. Un Seme che diventi Quercia.

Di seguito ecco le altre collane editoriali

BEE BOOK SII UN LIBRO - Collana per bambini
SEVEN DOORS - Sviluppo spirituale
BREVIS - Saggi e Racconti brevi
BATTIATOSOPHIA – Dedicato a Battiato
LYRA – Poesia
HELOQUENCE - Diari, Romanzi, Manuali
TRIBAL - Viaggi, Magia, Territori
AUREA MAGISTRA - Percorsi storici
DIAMANTI AUREI – Poesia
CUORE INDIeGENO – Lingue minori, etnie
BIOlive - Testimonianze dal vivo

ZŐON – Amici Animali
AUREACOMICS – Storie illustrate

Un sentito ringraziamento al direttivo del Progetto e ai vari gruppi di lavoro dedicati, che hanno profuso le loro preziose energie a beneficio della nostra comunità di Autori e di una magnifica Idea Viaggiante

Per contatti, richieste e collaborazioni:
Mail: aureanox@libero.it
Gruppo Facebook **Aurea Nox Casa editrice**